電車で行こう！

約束の列車を探せ！　真岡鐵道とひみつのSL

豊田 巧・作
裕龍ながれ・絵

集英社みらい文庫

目次

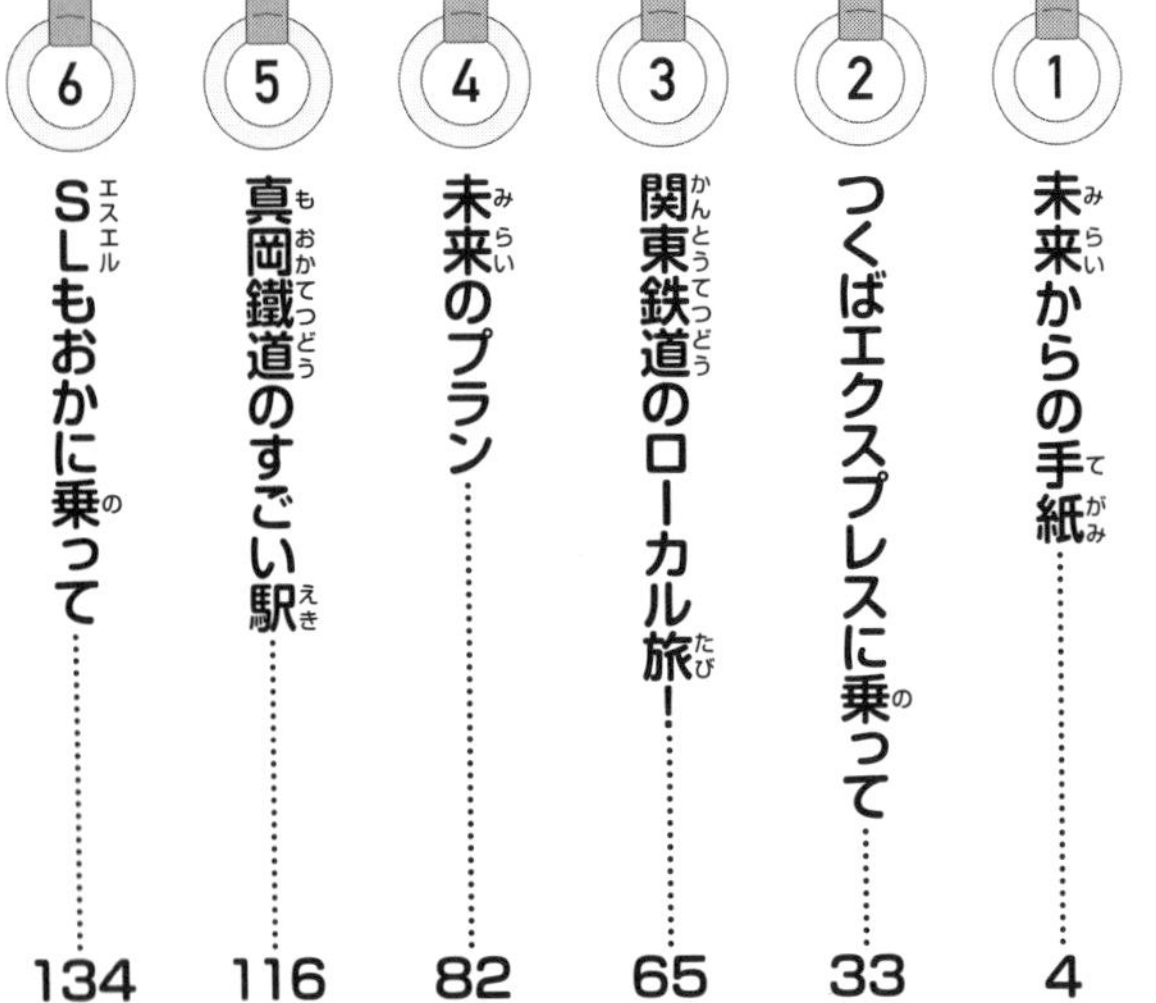

小笠原未来

電車も好きだけど、
写真に撮るのはもっと好き！
アクティブな撮り鉄

的場大樹

電車に関わるあらゆるデータを
冷静に収集&分析！
クールな時刻表鉄

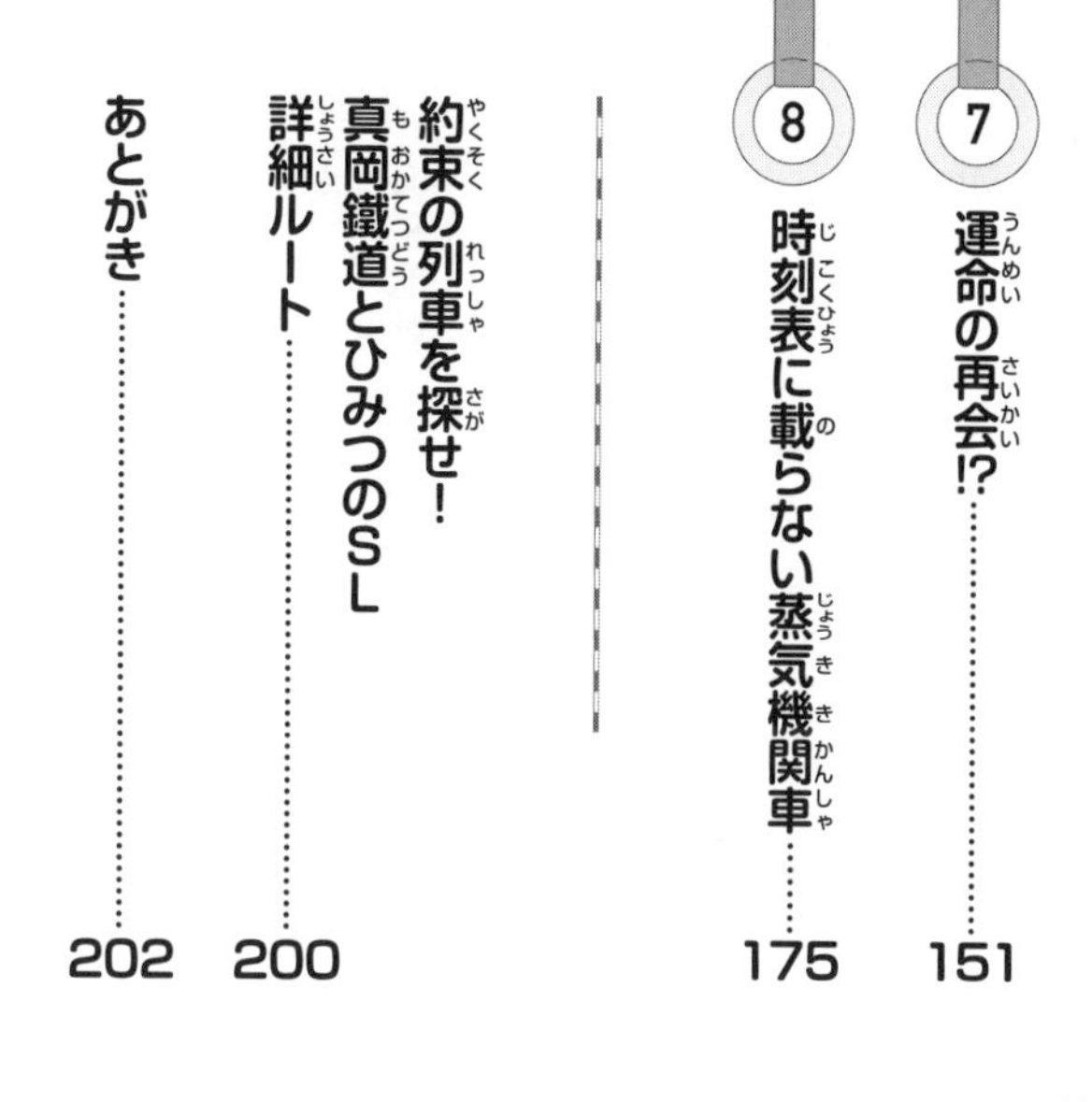

高橋雄太

電車に関わるあらゆることを
見逃せない！
電車が好きすぎる乗り鉄

今野七海

電車も好きだけど、
恋やミステリーはもっと好き！
勉強中のお嬢さま

未来からの手紙

梅雨が終わったとたん、ぎらぎらの太陽が地面を焦がしはじめた。
今日も朝から気温はうなぎのぼりだ。
こんな日に思うことは決まってる！
早く夏休みにならないかなぁ。
夏休みまでは、あと二週間。
夏休みになったら、電車に乗ってあっちこっちへ遊びにいけるもんね！
その時だった。
フワァァァァァァン！
電車のするどい警笛が聞こえ、僕は思わず立ち上がった。走って窓にひっつく。

ここは、旅行会社『エンドートラベル』の会議室。

ビルは新横浜駅の真横にあるから、窓からは停車中や走行中の新幹線がよく見える。

「おおっ」

新横浜駅をまさに、博多行のN700A新幹線が発車するところだった。

今日はT3のミーティングの日。

T3は、エンドートラベル社長の遠藤さんが立ち上げた、小学生が電車旅行するチーム『Train Travel Team』の略だ。

電車に乗るのが大好きな、僕『乗り鉄』、高橋雄太。

時刻表や鉄道雑誌が大好きで、鉄道知識にかけては右に出るものがない『時刻表鉄』、的場大樹。

電車をカメラで撮るのが大好きな『撮り鉄』、小笠原未来。

まだまだ鉄道初心者だけれど、将来はアテンダントさんになるのが夢の今野七海ちゃん。

大人気アイドルで、今はハリウッド女優になるためにアメリカに行っている森川さくらちゃん。

全員小学五年生だ。

T3は、毎週日曜日にエンドートラベルに集合して、遠藤さんと一緒に、みんなで鉄道のことを勉強しているんだ。

そして会費を毎月ためていて、ある程度たまったら、テーマを決めてみんなで旅行へ出かける。

T3で電車に乗って、みんなとどこかへ行くのは三か月に一回くらいかな？

だけど……、今、会議室にいるのは四人で、一人足りない。

ぼんやりとしていたのは、そのもう一人が到着するのをじりじりと待っていたからなんだ。

僕は両手を首の後ろに組んで、椅子の背もたれにガチャンと背をあずけて、大樹と七海ちゃん、そして遠藤さんの顔を見まわした。

「また未来は遅刻～？」

13時の集合時刻はとっくに過ぎ、今は13時15分だ。

未来は、しょっちゅう待ち合わせ時間に遅刻する、遅刻魔だ。

「未来ちゃん、電車にうまく乗れなかったんだってぇ〜」

となりに座っていた七海ちゃんが、ケータイの画面を僕のほうに差し出した。

僕らの使っているケータイアプリには「T3&KTTグループ」って掲示板みたいな場所があって、そこにグループトーク機能を使ってメッセージを書きこめば、みんなが情報を共有できるんだ。

《ごめ〜ん。電車に乗り遅れちゃったぁ〜》

ケータイ画面のそのコメントの下には、かわいいくまのキャラクターが、ペコリと何度も頭を下げる画像が貼りつけてられていた。

「乗り遅れたって……。それ、T3のメンバーとしてどうなんだよ〜」

僕は口をとがらせた。

「鉄道が大好きでも時間に遅れることはありますよ」

あいかわらずクールな大樹は、見つめていた時刻表のページをペラリと一枚めくった。

「あっ、そうだ！」

名案を思いついた僕は、パチンと手をたたいた。

「どうしたんだ、雄太」

「これから未来へ集合時間を教える時は、一時間早めにしておけばいいんだよ」

僕がフンフンと腕を組みながらうなずくと、遠藤さんはアッハハと笑った。

「今日はすんでのところで電車に乗り遅れたみたいだから、もう少しで来るんじゃないかなぁ？」

タタタタタタッ！

エンドートラベルの受付方向から走ってくる足音が響き、僕らは顔を見あわせた。

ガチャン！　勢いよくドアが開く。

「こんにちは～。そして、遅れてごめんなさーい！」

部屋へ飛びこんできた未来は、ペコリと頭を下げた。

「待っていたよ、未来ちゃん。ささっ、早く席に座って」

遠藤さんが左手を出して、空いている席を指す。

会議室には、どーんと大きな長方形のテーブルがある。

その一番奥のお誕生日席には遠藤さん。

新幹線の見える窓際の奥の席は僕で、その横には七海ちゃん。

僕の向かい側の席には未来、そしてその隣、ドアの一番近くの席には大樹が座る。

きちんと決めたわけじゃないけれど、いつの間にかこの席順になっている。

「今日は絶対に間に合う予定だったのになぁ～」

ふぅと息を吐いて、未来はテーブルについた。

これでT3はやっと全員集合。

「T3のメンバーなのに……。未来はどうして電車に乗り遅れるんだよ～？」

世界でもトップの正確さといわれる、日本の電車のダイヤ。

そんな電車を未来も大好きな

のに、なんでいつも時間に遅れるのか不思議だ。

すると未来は思いがけないことを口にした。

「だって……出かける寸前に玄関ポストを開けたら、びっくりするような手紙が入っていたんだもん……」

がらにもなく、ちょっとモジモジしている。

「手紙？」

「うん」

「そんなの、あとにすればよかったじゃない」

「普通だったらそうなんだけど……特別な手紙だったから……。『うわっ』って盛りあがっちゃって……」

頭を軽く下げながら、未来は愛想笑いを浮かべた。

時刻表から顔を上げた大樹は、「？」って顔で首をひねる。

「どんなふうに特別だったんですか」

「とっても昔から届いた手紙だったの……」

「昔から届いた!?」

「……そうなのよ」

僕と大樹は目を合わせた。

手紙って、ポストに入れてから数日で相手に届くって、決まってない？

七海ちゃんは目をクリクリさせて、未来を見つめた。

「誰からのお手紙だったの？」

未来はあごにトントンと人差し指を当てて、天井を見ながらぽつりとつぶやく。

「うーんと……私。……自分からの手紙……」

『じっ、自分!?』

僕らは三人で声をそろえて聞き返した。

いたずらっ子のような表情で、未来はテヘッと笑ってみせる。

それから肩からかけていたワンショルダーバッグの中に手をゴソゴソと突っこんで、白い封筒を一つ取り出した。

「これよっ！」

テーブルの真ん中に置かれた封筒に、みんなの視線が注がれる。

表には「おがさわらみらいさま」と書かれていた。

封筒をひっくり返すと、なんと差し出し人も「おがさわらみらい」！

「なんだこりゃ？」

僕は驚いて、目をぱちぱちさせた。

これは、本当に、未来から未来へ送られた手紙!?

しかも封筒は少し古びていて、宛名が書かれてから時間が経っているようだった。

僕が封筒を渡すと、大樹は太陽にすかすようにして見た。

「これはどういうことでしょうか？」

「自分から自分へ出したお手紙って……」

七海ちゃんはフムッと腕を組んで考えこむ。

「未来ちゃん。それ、もしかしたらタイムカプセルに入れられていたんじゃないのかい？」

遠藤さんが聞くと、未来が大きくこくんとうなずく。

「さっすが遠藤さん！　正解〜」

『タイムカプセル!?』
僕らは再び驚いて、目をしばたたく。
遠藤さんがうむとうなずいて、口を開く。

「タイムカプセルっていうのは、その時代を未来に届けるという意味で、カプセルの中にいろいろなものを入れて土の中などに保存し、数年後に開けて楽しむものなんだ」
七海ちゃんの目がキラキラと輝く。
「ふわぁ〜地面にうめておくの〜？　まるで宝箱みた〜い!!」
「あっはは、七海ちゃんうまい

こと言うね」

遠藤さんが目を細める。

「ということは、これは未来さんが数年前に自分にあてて書いた手紙。未来さんの『未来への手紙』ってことですね」

「大樹君、うまい！　そうなの〜『三ねんごのみらいへ』って書いてあるの〜」

未来は大樹から封筒を受け取り、中から一枚の手紙を取り出した。

「読んで！　読んで！　未来ちゃん！」

七海ちゃんが、きゃっと胸の前で手を合わせる。

「え〜っ、ちょっと恥ずかしいけど……」

未来は二つ折りになった手紙を開いた。

「三ねんごのみらいへ
わたしはきっとすごいびじんに　なっているはずです」

「さすが未来……」

その書き出しに、僕は思わず吹き出してしまった。

「もうなによ、雄太！　そんなに笑わなくたっていいでしょ！」

顔を赤くした未来が、ぷぅっと口をタコみたいに前に突き出した。

「だって、『すごいびじんになっている』とか、未来らしいよなぁ〜」

「そっ、そこは間違ってないわよっ！」

「そうだよ。未来ちゃんは美人だよ」

遠藤さんがニコニコしながら言うと、未来はデヘヘと照れた。

「ありがとうございまーす」

「未来ちゃん、早く続きを読んで！」

七海ちゃんがうながす。未来はまた手紙に目を落とした。

「きっときっと　たくさんのでんしゃすきのなかまにあって
にほんじゅうの　でんしゃのしゃしんを　とりまくっているはずです。

そして、三ねんごのなつやすみ　さいしょの日よう日　わたしはまたここへきます。

それは　ここでいっしょにとったしゃしんを　たぐちふみおに　わたすためです。

そのときは　また　あのふしぎな　じょうききかんしゃで　またあおうねっ！

大すきだよ　ふみお！」

その瞬間、七海ちゃんはキャインと飛び上がった。

「きゃぁぁぁぁ！　未来ちゃん、大好きって……まるでラブレターみた――――い!!」

ラッ、ラブレター!?

七海ちゃんが突然そんなことを言うから、僕はきょとんとなった。

「えっ？　そっ、そうなの～!?」

「だって、『大すきだよ、ふみお！』だなんて！　三年前ってことは小学二年生でしょ！　もしかして、ううん、きっと未来ちゃんとふみお君は蒸気機関車で出会い、恋に落ちたのねぇ～。ふわぁ～なんてロマンチック～」

あちゃーっ！

ロマンチックってことが七海ちゃんは大好きなんだ。そしてこうなってしまうと、止めることはできない。

七海ちゃんは目を☆にしながら、

「いいなぁいいなぁ」

って、どんどん盛りあがる。けど、当の未来はいまいち、ノリが悪い。

「この、ふみお君ってどんな子なの？」

僕が思いきってたずねると、未来は首からかけていたデジカメをはずし、ポケットから一枚のデータカードを取り出してボディの差しこみ口にすっと入れた。

ボタンを何度か押すと、ボディにある液晶モニターに一つの画像が浮かび上がった。

「これがたぶん……田口ふみお君」

……たぶん？

ちょっと、未来の言うことが引っかかったけど、僕らはいっせいにテーブルの上に体を伸ばしてモニターを見つめた。

そこには、小学二年生だった未来と、一人の男の子が蒸気機関車の前で肩を組んで写っていた。

「ほぉ〜田口ふみお君はイケメンですね」

大樹がそう言うのもわかる。

髪は短めで、前髪は右側にさらりと流している。小さな顔に、ぱっちりした目。鼻はつんとしていて、口元から真っ白な歯がこぼれていた。

身長は未来と同じくらいか、少しふみお君が高いくらい。

黒いTシャツと白い短パンから伸びた手足は、健康的に日焼けしている。

未来と並ぶと、「ザ・元気コンビ」って感じでとてもお似合いだった。

「きゃわぁぁぁぁあん!」

七海ちゃんが両手を頬に当てて、またヘンな声で叫んだ。

やばい。七海ちゃんの「ロマンチック大好き魂」に、燃料を投下してしまったみたい。

七海ちゃんはぐんと体を伸ばして、テーブルの向こうにいる未来の両手をとった。

「この時、ふみお君と、将来を誓ったのねっ！　……大丈夫。恥ずかしがらなくてもいいの、未来ちゃん！」

しょっ、将来を誓う!?

僕はびっくりして未来の顔をマジマジと見つめた。

だけど、当の未来は首をあいまいにかしげた。

「うん。お別れの時にすごく盛りあがっちゃって、なにか約束しちゃったような気がすることはするんだよね～」

まいったな～と、頭に手を当てて、未来は愛想笑いを浮かべる。

「いいなぁ～いいなぁ。……っていうことは、ふみお君は未来ちゃんのフィアンセってことになるのよね!?」

「そうなるのかな～、アハハ」

「ふぃあんせ？」

僕は、ポカンとした顔で大樹を見た。

「フランス語で『婚約者』。つまり『将来、結婚しましょうね』って約束をした人のことさ」

けっ、結婚!? そんなことを約束したの!?

「どうしたんだい、未来ちゃん。気になることでもあるのかい?」

盛りあがる七海ちゃんとは反対に、どこか浮かない顔の未来を見て遠藤さんが聞く。

「それが……」

「それが?」

みんなで、未来の顔に注目する。

「あんまりその時のことを覚えてなくて~」

未来は肩をすくめると、チロリとピンクの舌を出した。


『え――っ!!』


全員テーブルにバターンと倒れて、僕は額をごつんとぶつけた。

「ちょっ、ちょっと未来さん……それは」

さすがの大樹も、未来の肩に右手で小さく突っこみを入れる。

「未来ちゃん！　うそでしょ。そんな大事なことを覚えてないなんてぇ～」

七海ちゃんは、そう言ったきり、口をあんぐり開けた。

「三年前のことだから、記憶があいまいで……」

「ふみお君と未来ちゃん、結婚を約束したかもしれないのに……」

七海ちゃんが残念そうにつぶやく。

「そんなこと言われても……」

そう言いながら未来が封筒をつまみあげると、テーブルの上になにかがポトリと落ちた。

「おっ、どこのきっぷだ!?」

僕の目がきらりと光る。

だが、一瞬早く、大樹がきっぷを手にとった。

「これは……『常総線・真岡鐵道線共通一日自由きっぷ』ですね」

「どれどれ」

のぞきこむと、きっぷの左側には列車やSLのイラストが描かれていた。

右側には『常総線全線↑↓（真岡鐵道）下館　益子間』という文字が書かれていて、上から『7・28』と有効日が紫の大きなスタンプで押されていた。

これは、丸一日乗車区間を自由に乗り降りできるきっぷだ。

大樹があごに手を当てて、つぶやく。

「ということは、三年前の七月二十八日、未来さんは栃木県にある真岡鐵道でふみお君と蒸気機関車に乗っていたということではないでしょうか」

「だったら……。未来がした約束っていうのは、三年後の夏休みの最初の日曜日に、もう一度この真岡鐵道で会おうってことなんじゃないの？」

「そ、そうかな！　でも……」

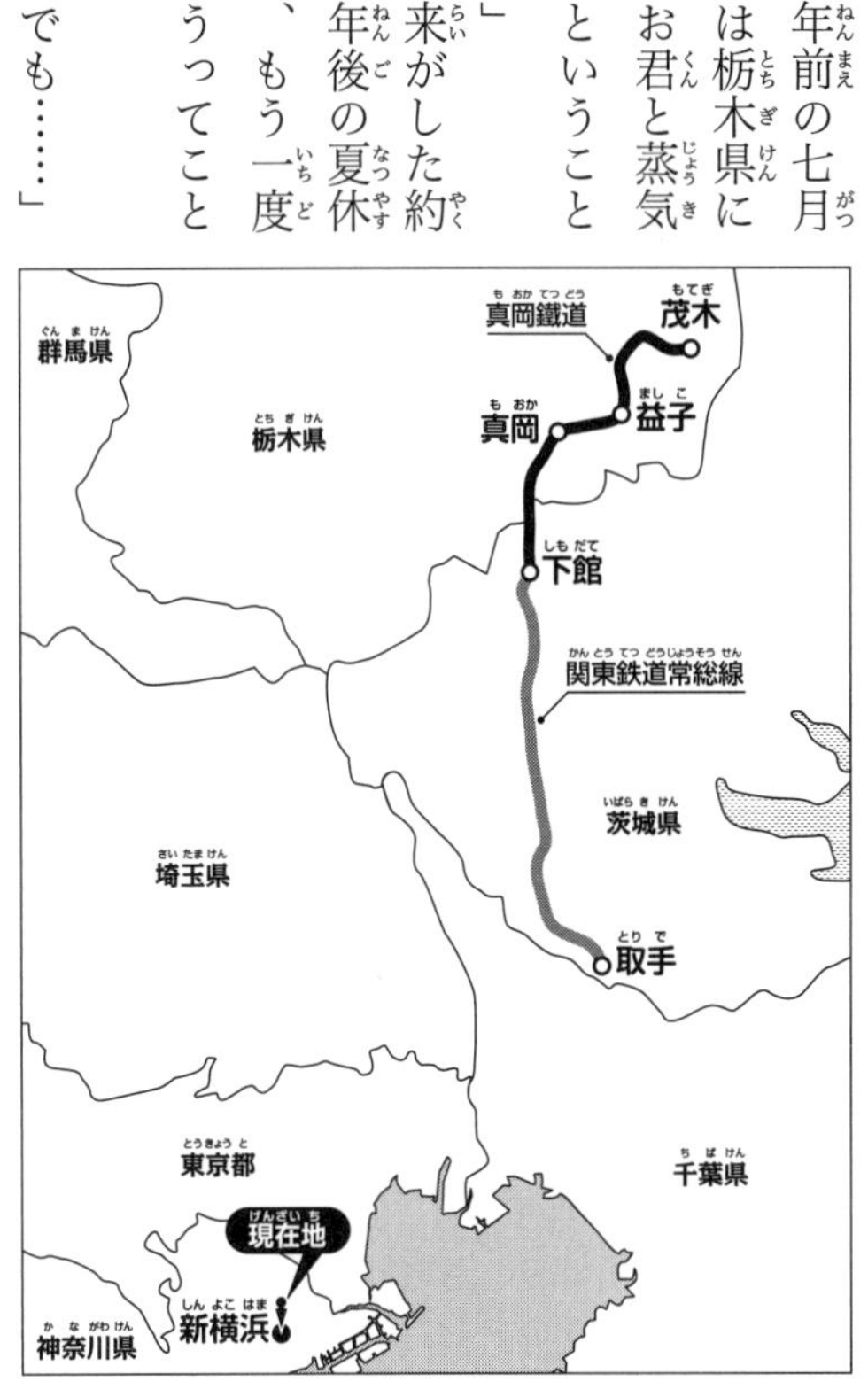

未来はそう言って、また浮かない顔になった。なんだか未来らしくない。

僕は未来の肩をパンと軽くたたいた。

「なに、人ごとみたいに言っててんだよ。今年の夏休み最初の日曜日に、真岡鐵道の蒸気機関車に乗って、写真を渡せばいいんだろ？」

ふうっとため息をつき、未来が黙りこむ。

おかしい。

明らかにおかしい。

その時、僕はひらめいた。

「もしかして……自分が乗った列車の時刻とかまで、忘れてる？」

その瞬間、未来はくるりと振り向いて、素早く、うんとうなずいた。

「当たり！　そうなの！　どの列車に乗ればいいのかも、全然わからないの！」


『マジで――っ!!』

僕らはまたもテーブルにバターンと倒れた。

「み、未来さん！　それはないじゃないですか！」

大樹がめずらしく大声を出した。

「そんな大事なことを忘れちゃったの〜？」

うなずいて、はぁっとため息をつき肩を落とした未来を、僕はあきれ顔で見つめる。

未来は顔を上げると、ぷぅと口をとがらせた。

目が三角になっている。

「じゃあみんな、小学二年生の頃のことをちゃんと覚えてる？　だいたい私、タイムカプセルのことだって完全に忘れてたんだよ？　列車の時間なんて、覚えているわけがないじゃない！」

これぞ逆ギレ？

すかさず七海ちゃんが心配そうに言う。

「でも、ふみお君は約束をちゃんと覚えていて、未来ちゃんと会うのを楽しみにしているかもしれないよ？」

「ふみお君も忘れているかもしれないじゃん……」

僕らの話を黙って聞いていた遠藤さんは、静かに微笑んだ。

「未来ちゃん。三年前、ふみお君も、同じように手紙を書いていたんじゃないかい？」

「……はい。ふみお君と一緒に手紙をタイムカプセルに入れましたから……」

「だとすると、今ごろはふみお君の家にも手紙が届いているんじゃないかな。もしふみお君が忘れていても、手紙を読んだら思い出して、真岡鐵道に乗りにいくかもしれないよ？」

ぱっと未来が顔をあげた。

七海ちゃんは両手を胸の前で握りしめる。

「絶対そうよ！　未来ちゃん。ふみお君に会いにいかないと！」

「……どうしよう……約束の列車を忘れちゃうなんて、ほんと、私って……」

きゅっと唇をかみしめ、未来はまた、困ったようにうつむいた。

遠藤さんが僕らの顔を見まわした。

「だったら、約束の日、T3のみんなで真岡鐵道に乗りにいってきてはどうだい？　SLの始発駅の下館までは、東京から一時間半くらいだからね」

「でも、どの列車かわからないのに……」

大樹が時刻表の背に、すっと親指を沿わせたのはその時だった。

バッと、真岡鐵道の時刻が載っているページを開く。

さすが大樹!

こうやって、一発で目的のページを開けるのが、大樹の得意技なんだ。

大樹が時刻表から目を上げて、すっとメガネのフレームに手をそえた。

「大丈夫です。もうわかりましたから」

「えっ!? わっ、わかるの!? 私が三年前に乗った列車が!?」

未来は目を大きく開いた。

「真岡鐵道を走る蒸気機関車による列車は『SLもおか』っていうんですが、走るのは土日や休日がほとんどで、しかも一日たった一往復のみです」

「えっ、一往復? それだけ!?」

そう聞き返した七海ちゃんに、大樹はすっと地図を差し出す。

「まず、最初は下りのSLもおかで、下館を10時35分に出発して、終点の茂木に12時6分に到着します。そして次は上りのSLもおかで、茂木を14時26分に出発して、終点の下館に15時56分に到着。蒸気機関車はこれだけしか走っていないんです」

「ということは……。未来ちゃんがふみお君と乗ったのは、そのどちらかの列車ってことね」

「未来、どっちの列車だったんだ？　それくらい、わかるよな」

僕と七海ちゃんと大樹は、じっと未来の返事を待った。

「えっ、えっ!?　ちょっ、ちょっと待ってね……」

目を閉じて腕を組んだ未来は、う～むと悩みはじめた。

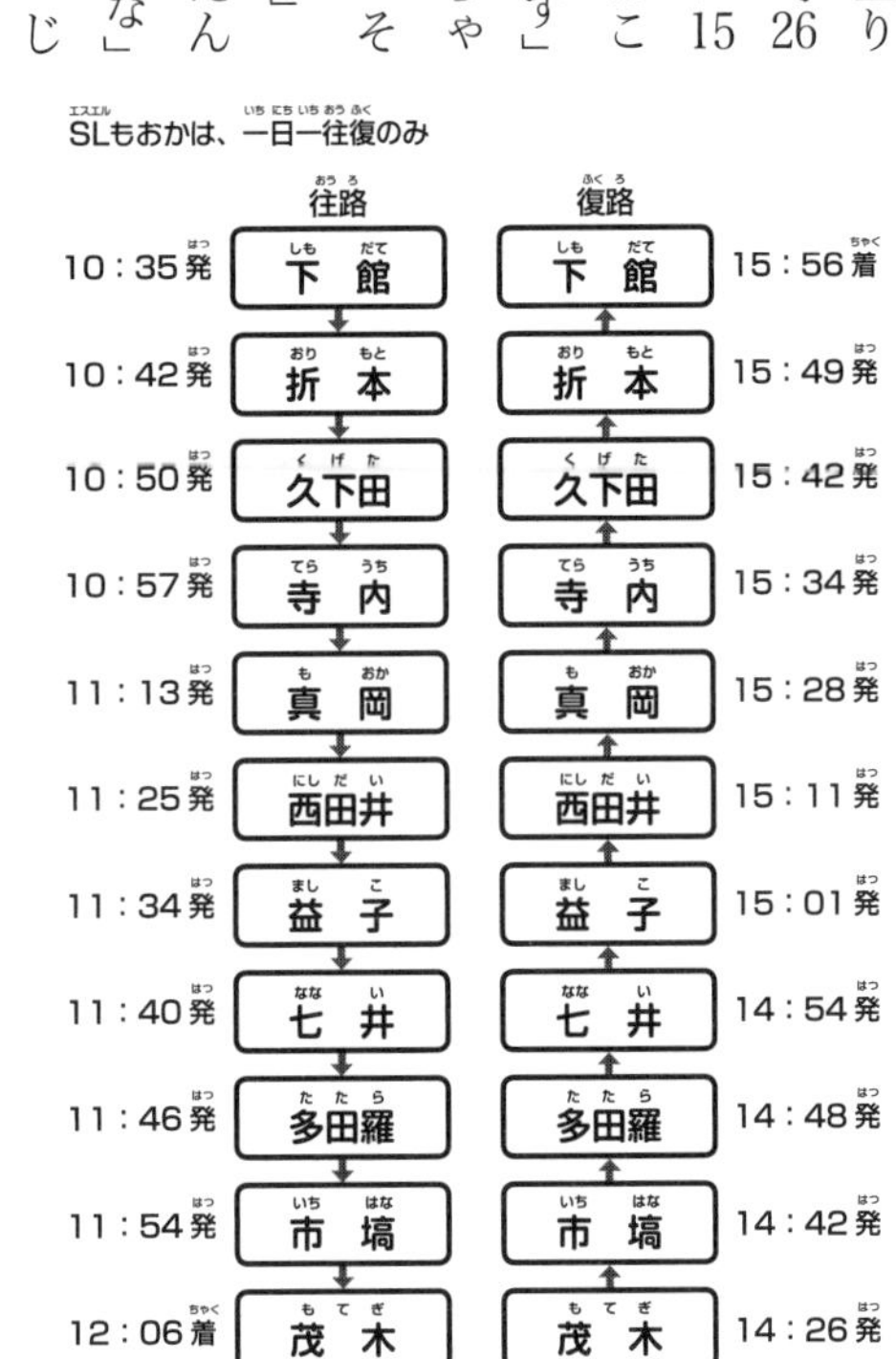
SLもおかは、一日一往復のみ

往路	駅	復路
10:35発	下館	15:56着
10:42発	折本	15:49発
10:50発	久下田	15:42発
10:57発	寺内	15:34発
11:13発	真岡	15:28発
11:25発	西田井	15:11発
11:34発	益子	15:01発
11:40発	七井	14:54発
11:46発	多田羅	14:48発
11:54発	市塙	14:42発
12:06着	茂木	14:26発

まさか……それも忘れちゃっているの!?

僕がため息をついたその時、クワッと目を開いた未来は、自信を持って右手の人差し指を前に突き出した。


「思い出した――!!」


あまりの大声にみんな、「うわっ」ってびっくりする。

「上りよ!」

自信満々の未来の顔を七海ちゃんがのぞきこむ。

「その理由は?」

「だって……SLに乗ったのは『お弁当を食べたあと』だったもん!」

未来は「どうよっ」と鼻から息をぬいた。

僕らはまたもや、両手を上げて、「ほげぇ~」とテーブルに一気に倒れこんだ。

お弁当で覚えているところが、未来らしい。

大樹はズレたメガネを直す。

「でっ、では……。お昼ごはんを食べたあとに、茂木発14時26分の上りSLもおかに乗れば、ふみお君に会えるってことですね」

「やったね、未来ちゃん！　これでフィアンセと会えるね！」

未来がこくんとうなずく。

一気に晴れ晴れとした顔になっている。

「ありがとう、みんな！」

「困っている時はお互いさまだろ？」

僕は右の親指だけを立ててみせる。

遠藤さんがふふっと笑う。

「となると……、『SL整理券』が必要だね」

七海ちゃんが遠藤さんに聞き返した。

「座席指定券じゃないんですか？」

「SLもおかには、座席指定がないんだ。SL整理券さえ持っていれば乗れるんだよ。ちなみに、料金は小人二五〇円」

「じゃあ、夏休み最初の日曜日、茂木14時26分発上り、SLもおかのSL整理券を取ってもらえますか？」

僕の言葉に、遠藤さんが胸を張って答える。

「そこは任せておいてくれ！」

「よーしっ！　蒸気機関車に乗るとなったら、バッチリと写真に撮らずにはいられないわねっ！」

カメラを構えた未来は、気合いの入った顔を見せる。

「やっといつもの未来が戻ってきたね！　じゃあ、みんなで細かい計画を作ろうか」

僕が笑うと、未来が首を振った。

「……ね、今回の計画は私に作らせてくれない？」

胸を張った未来は、フフフッと自信満々の笑顔を見せる。

「未来が計画〜？」

「蒸気機関車でしょ。……せっかくだもん。ちょっと私に、考えがあるんだ！」

僕は一瞬、大丈夫かなと思ったけど、未来があまりにも自信たっぷりに言うので、思いきって任せることにした。

つくばエクスプレスに乗って

夏休み最初の日曜日。

僕は大きめのデイパックを持って、早朝の東京駅へ到着した。

「ふわぁ〜あぁ」

あまりにも早かったから、中央線の停車する1番線のホームに降りた瞬間に、大きくあくびをしちゃった。

ホームの時計を見ると、7時を少しだけまわっている。

東京駅中央線名物の長いエスカレーターで下に向かいながら、もう一度大きなあくびをする。

今日の待ち合わせ時間は7時15分、場所は東京駅のシンボル、『銀の鈴』だ。

未来が、気合い入れて「私に計画させてっ！」なんて言いだして、こんな時間の集合を知らせてきたんだけど……どう考えても早すぎる。

茂木を14時26分に出るSLもおかに乗るには、たぶん、東京駅を10時半くらいに出る電車でも十分間に合うはずなんだ。しかも……。

「こんなに朝早くなんて、未来はちゃんと東京駅に来られるのかな？」

八重洲地下中央口へ向かって地下通路を歩いていくと、ガラスの壁に囲まれた大きな鈴が見えてくる。

ここが待ち合わせ場所の、銀の鈴。

天井から直径が八十センチ程度の鈴が吊られて、下からスポットライトが当てられている。

待ち合わせ時刻よりも、いつも早めに来ているのは七海ちゃん。

「おっはよ～!!　七海ちゃん」

銀の鈴を見上げていた七海ちゃんは、栗色の髪を広げながらくるりと振り返った。

「おはよっ！　雄太君」

あれっ？　ちょっと今日は感じが違うなぁ。

ふわりとした白いブラウスに、デニムのクロップドパンツ、ブラウスと同じ白のスニーカーを合わせていた。

そんなスポーティなアイテムをプラスしても、七海ちゃんのプリンセスキャラは変わらない。リボンのついた、白い大きなつば広帽がアクセントになっている。

ちなみに僕は、つばの小さな緑のキャスケットをかぶってきた。

だって、未来が「みんな帽子をかぶってくること！」ってグループトークで連絡してきたからね。

僕は周囲を見わたした。

「未来はまだ来ていないのか……」

七海ちゃんは「？」って顔で僕を見る。

「だって、まだ待ち合わせ五分前だよ」

未来は遅刻魔だから、ちょっと心配なんだよね。

大丈夫かな、と思っていると、バタバタと走ってくる足音が近づいてきた。

未来は、七海ちゃんの肩につかまるようにして急停車する。

「すごいっ！　未来ちゃん、今日は五分前に到着！　こんなこと、今までなかったんじゃない？」

「今日は、私のためにみんなが真岡鐵道につきあってくれるんだからね。さすがに、遅れるわけにはいかないよ！」

全力疾走でやってきた未来は、肩で息をしている。

「うわ〜、雨でも降るんじゃないの？」

とからかうと、未来にばしっと肩をはたかれた。

「不吉なこと言わないでよ！　お天気が肝心なんだから、今日の計画は」

「お天気が肝心!?」

「そう！　あとでわかるよっ」

そう言って人差し指を立てる未来を見て、僕は目を丸くした。

あれっ？　今日は未来もいつもと感じが違う。

水色のキュロットスカートに、胸元に大きなボタンが四つついたそろいのノースリーブ。

そして、大きなつばのリボンの付いた帽子。

いつもボーイッシュな未来だけど、今日はとっても女の子っぽいファッション。

まるで、七海ちゃんと未来が服を入れ換えたみたいだった。

もしかして、ふみお君に会うから、オシャレしてきた？

でも、カメラの装備はいつもよりパワーアップ！　右にはたすきがけにした大きな黒いカメラバッグ、左には五十センチくらいの袋状のバッグをさげている。

「三年前のこと、ちょっとは思い出した？　未来ちゃん」

「ううん。なんかすごく楽しかったな、ってことぐらいしか覚えてなくて。お父さんにも聞いてみたんだけど、お酒飲んでたからほとんど覚えてないって」

「そっかー。じゃあ、今日は三年前よりいい思い出ができるといいね！」

その時、後ろから聞きなれた腕時計のアラーム音が聞こえた。

ピリリ！　ピリリ！　ピリリ！　ピリリ！

「おはようございます。おや？　今日は時間きっかりに全員そろっていますね」

振り返ると、大樹が立っていた。

大樹はクリーム色のポロシャツに、ほっそりしたカーキのチノパン。ポロシャツの衿にはチノパンと同じカーキ色のラインが入っている。

そして中折れタイプのストローハットを深めにかぶっていた。

やっぱり大樹は、今日もちょっと大人っぽい雰囲気。

「おっはよー――!!　大樹君」

「おはよう！」

みんな次々に大樹に挨拶する。

「じゃ、さっそく出発ね！」

未来の言葉に続いて、僕ら四人は右手をかかげて、声をあげた。


『**お―――――――――!!**』


エスカレーターへ乗りこみ、一階コンコースへ上がる。

はりきって先頭を歩く未来に、僕は聞いた。

「あれ？　今日はあの古いカメラは持ってこなかったの？」

「今日の撮影にはこっちのほうがいいから、あの子は置いてきたの」

未来はニコリと笑って、カバンからピンクのデジカメを取り出す。

僕らは、山手線内回りの上野方面の電車がやってくる4番線をめざす。

「山手線は何駅まで乗るの？　未来ちゃん」

数歩前を歩く未来に、タタッと追いついた七海ちゃんが聞く。

今日は未来が計画したプランだからね。

「二駅よ。秋葉原まで」

階段を上がると、上野方面に

向かって左側に京浜東北線の3番線があり、右には山手線の4番線があった。

到着を知らせるアナウンスが流れ、後ろから銀の車体に黄緑のラインの入ったE231系電車があったかい風を引きつれて入ってきた。


キィイイイイイイイイイイイイン。

僕らの横を勢いよく駆け抜けたE231系は、長い車体をホームに横たえるようにして停車する。


扉が開くとすぐ、僕らは中へと乗りこんだ。

東京を7時25分に発車。神田に停車したあと、秋葉原に7時29分に到着した。

秋葉原で、七海ちゃんの目が大きくなった。

「うわぁ～！　電器屋さんの看板がいっぱ～い」

山手線のホームからは、電器屋さんのビルがたくさん見えた。

大樹が人差し指でメガネをあげる。

「秋葉原は『電気街』と呼ばれる街ですからね」

「一か所にこんなに電器屋さんが集まっているなんて」

七海ちゃんが頬に手をあてて、感心したようにつぶやく。

「今の秋葉原は電器屋さんだけじゃなくて、アイドルの劇場やフィギュアショップ、アニメショップ、書店、鉄道模型ショップなど、ありとあらゆる趣味の店がそろっているんです。情報ステーションみたいな街、って言ってもいいかもしれませんね」

エスカレーターで一階へと降りた僕らは、中央改札口へと向かう。

ICカード乗車券を当てて自動改札機を通り抜け、右へ曲がる。

すこし歩くと右手に地下へと続く階段とエスカレーター三機が並んでいる場所に出た。

そこには、紺地に白文字で「TX」というロゴマークと、赤地に白文字で「秋葉原」と書かれている看板があった。

「お～。これがつくばエクスプレスねっ」

未来はさっそくカメラを入口に向けて、カシャリとシャッターを切る。

TXは『TSUKUBA EXPRESS』の略なんだ。

僕も、つくばエクスプレスに乗るのは初めてだ。

数年前に真岡鐵道へ父さんと行ったことはあったけど、その時は新宿から下館まで湘南新宿ラインで行ったから、つくばエクスプレスには乗らなかったんだ。

だから、どうしたってテンションが上がってしまう！

「よーし！　つくばエクスプレスに乗るぞ――!!」

僕らは一番左の下りエスカレーターに一列になって乗りこんだ。

その後、エスカレーターをさらに二本乗り継ぐ。

「こんなに下っていくなんて、地下のとっても深いところを走っているのね」

エスカレーターに乗りながら、七海ちゃんがキョロキョロと周囲を見まわす。

「開業が2005年と、関東では最も新しい鉄道会社ですからね」

大樹が、黒い手帳を開きながら言った。

いつも大樹は、事前に色々なことを調べて、この手帳にビッシリと書きこんでくるんだ。

「新しい鉄道だと、深い場所を走ることになるの？」

「昔は建物や道路が少なかったので地上に線路を通せたのですが、今の東京にはそんな余裕はありませんからね」

「ふぅ～ん。だから、鉄道は地下を通すしかなくなっちゃったってわけね」

カメラを握りながら、未来が話に加わる。

「そうなんです。しかも、今の東京の地下には、地下鉄をはじめ、電気、ガス、下水道などのラインが複雑に走っています。ですから、浅い場所には電車を走らせるスペースはないそうですよ」

「へぇ～地下もいっぱいなのかぁ～」

つくばエクスプレス秋葉原駅の改札口フロアは、ビルの三階か四階くらいの高さまで大きくドーンとひらけていて、天井は太い金属製の銀の柱で支えられていた。

そんな広々としたコンコースを歩いていくと、右側にはコンビニ、その向こうには濃い青色と銀の自動改札機がズラリと並んでいた。

僕らはICカード乗車券をポケットから出して、四人いっせいに自動改札機を通る。

ピヨピヨ！　ピヨピヨ！　ピヨピヨ！　ピヨピヨ！

自動改札機から小人をしらせる小鳥の鳴き声のような音が聞こえて、グレーの扉が開く。

「うわっ！　まだ下りるよっ！」

七海ちゃんが驚いたのは、またも下へと向かう長いエスカレーターが続いていたからだ。

さらに二本のエスカレーターを下った先に、ホームがあった。向かって左は1番線、右は2番線だ。

停車中の銀の車両上部には、赤いラインがズバッと入っている。

七海ちゃんは目を輝かせて微笑んだ。

「なんだか、未来の駅って感じ」

「えっ？　私がどうかした？」

つくばエクスプレス　秋葉原駅の構造

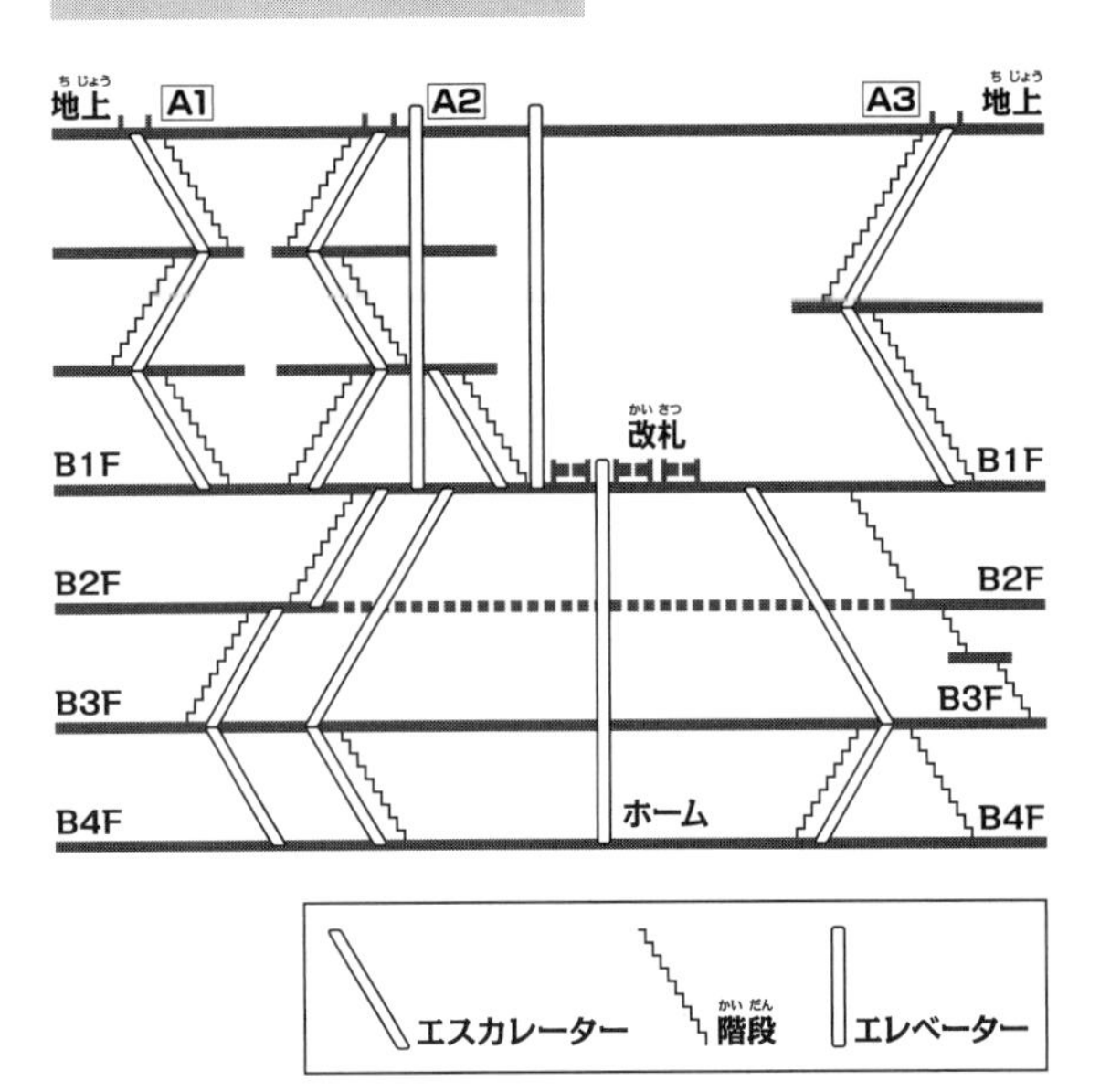

くるっと未来が振り向く。あっと、七海ちゃんは目を丸くして、それから急いで、胸の前で手を横に振った。

「未来ちゃんの、じゃなくて、『SF映画に出てくる未来の駅』みたいだなって思ったの」

「言われれば確かに……」

未来はホームもパチリと撮る。

つくばエクスプレスの駅は十数年前に作られたばかりだから、まだピッカピカ。

床には四角の白いタイルが貼られていて、波打つような銀の天井を太い金属製の柱が支えている。

両側の線路近くにはホームドアがズラリと並び、ホームのあちらこちらに設置されたベンチもすべて銀色。まるで宇宙船の中のような雰囲気なんだ。

秋葉原は、つくばエクスプレスの始発駅なので、1番線と2番線に停車する電車は、どちらも「つくば方面」に向かうことになる。

「じゃあ未来ちゃん、先頭へ行こう！」

「うん！　七海ちゃん」

二人は手をつないで、ホームドア沿いに先頭に向かって早足で歩きだした。僕と大樹もあとを追う。

あっという間に、ホームの先頭に到着。

「あれ～？　もう先頭だぁ」

未来のつぶやきに、大樹がすかさずうなずいた。

「つくばエクスプレスはすべて六両編成で、そんなに長くありませんからね」

「へぇ～、六両って決まっているんだぁ」

大樹は、右手をすっと伸ばして先頭を指差す。

「だから、ホームと電車の長さがピッタリなんですよ」

そうなんだ。ホームの長さは六両ぶんの約一二〇メートルで、ホームの先頭と電車の先頭がほぼ並んでいる。

車両の正面は、真ん中に向かってくちばしのようにちょっと尖っているのが特徴的で、左右には小さなヘッドライトとテールランプがついていた。

ガラス面がとても大きいので、運転台からの見晴らしはとてもよさそう。

そのとき七海ちゃんは、「なんだろう？」とでもいうように、首をかしげた。

「どうしたの？　七海ちゃん」

「どうして、こんな場所にテレビが三台もあるの？」

七海ちゃんが指さしたのは、ホーム端の柵の向こう側にある、縦に三台並んだモニターだった。

「あれは運転手さん用モニターだよ」

「運転手さん用？　出発までテレビを見るの？」

僕は首を横に振った。

「モニターに映っているのはホームにあるカメラの映像なんだ。あれで、運転手さんはお客さんの乗り降りをチェックしているんだ」

七海ちゃんは、背伸びをしてモニターをのぞきこむ。

「でも……他の駅にはモニターなんてなかったよね。なんでつくばエクスプレスにだけ、モニターがあるのかしら」

「それはね――」

言いながらケータイの時計を確認すると、まもなく発車時刻だった。

「それはあとで説明するよ。そろそろ乗らなくちゃ」

「うんっ！　わかった」

七海ちゃんと僕は、一緒に、一番前の扉から中へと乗りこんだ。

後ろから大樹と未来も続く。

車両は、新しいからピカピカ。そして、車内はがらがら。

休日の早朝、つくば方面へ向かう電車には、あまりお客さんはいないみたいだ。

フロアの左右端は黒くペイントされていて、真ん中には白いラインが走っている。シートは、進行方向に横向きに並んで座るロングシートタイプで、あざやかなエメラルドグリーン。窓が大きくスッキリした車内は、とても広く感じられた。

「これはTX―2000系ですね。だとすると……」

白い壁をさわりながら、大樹が小さくつぶやく。

僕らは例によって、特等席に立った。

鉄道ファンの特等席は、運転手さんのすぐ後ろのガラス窓のところ。

ここからだと、運転手さんが見ているのと同じ、電車の前に広がる景色を楽しむことができる。

それに運転手さんのレバー操作も観察できるんだ！

「よしっ！　ここから見える景色を撮るぞ」

未来は並んでいる三枚のガラスのうち、右側の一枚にカメラのレンズをぴたりと付けて構えた。こうすると、ガラスへの映りこみをほとんどなくせるから、写真がきれいに撮れるんだって。

タラララーン♪　タタ～ン♪　チャラララン♪

ホームに軽快なメロディが流れ、発車を知らせるアナウンスが響く。

つくば行区間快速の発車時刻、7時45分だ。

「閉まるドアにご注意ください」

アナウンスに続いて、運転手さんはホームの先にあるモニターに視線を向けた。

「七海ちゃん、ほら！」

「え、なに？　雄太君」

「よく見て！　運転手さんの右奥にあのモニターが見えるよ」

「ほんとだ！」

運転手さんは座ったまま、車両のすぐ外にあるモニターをしっかり見ていた。モニターにはホームと車両がしっかり映っている。運転手さんはお客さんが全員、車内に入ったことを確認してから運転台の右下にある黄色いボタンを押した。

プシュユユユ！

その瞬間、車体の扉が素早く閉まり、続いてホームドアがそれを追うように閉まった。

「ホームドアより先に、電車側の扉が閉まるんだな……」

扉をじっと注目していた大樹は、ペンを取り出して手帳へ書きこむ。

僕は、七海ちゃんに向き直る。

「七海ちゃん、わかった？」

「うん。あのモニターでお客さんを確認して、運転手さんがドアを閉めてるんだね。でも、普通は車掌さんが閉めるんじゃないの？」

「実は、つくばエクスプレスってワンマン運転なんだ」

「えっ!? 本当に!? こんな都会の電車なのにワンマンなの？」

七海ちゃんは驚いたように、声をあげた。

「うん。だから、運転手さんが運転台に座ったまま、各車両の状態をチェックできるように、ホームにモニターが設置されているんだよ」

「ワンマン運転って、あまりお客さんのいないローカル線ばかりかと思ってたけど」

手帳をパタンと閉じた大樹は、ニコリと微笑む。

「普通はそうですが、つくばエクスプレスは最近作られた路線なので、多くの部分がコンピュータによって自動化されていて、運転手さん一人でも大丈夫なんです」

大樹は運転台に視線をうつした。

運転手さんは、白い手袋をはめた両手でマスコンと呼ばれるT型のレバーを握って、ガチャンと中間位置まで戻す。それから、運転台の右下にあるボタンを一回押した。

すると、マスコンの位置は変わらないのに、電車がスルスルと加速していく。

「しかも！　つくばエクスプレスは自動運転なんです！」

「そうなの!?」

僕と七海ちゃんと大樹は、ガラスに額をピタンと付けて、運転台をのぞきこむ。

「『ATO』と呼ばれる自動列車運転装置を使っているそうですよ」

「モノレールとか、『ゆりかもめ』のような電車だったらわかるけど、こんな普通の電車でワンマンと自動運転をしているなんて……」

七海ちゃんは信じられないという表情で大樹を見つめる。

「建設当初からコストダウンや高い安全性を考えて、ATOを作ったり、全駅に最初からホームドアを設置したんだそうです」

「すごいのねー。あれ？　自動運転ってことは、運転手さんはここに座っているだけでいいの？」

「いえ、そんなことはありません。走行中はマスコンを『ニュートラル』と呼ばれる位置に移動させて、駅では一番手前に引いた『ブレーキ』の位置に戻します。それに扉の開閉を行うのも運転手さんなんですよ」

「へぇ～そうなんだぁ～」

僕らは、それからしばらく運転手さんの手の動きをじっと見つめた。

つくばエクスプレスはトンネル内を疾走していく。

普通なら、信号やカーブに合わせてマスコンを動かして速度を調整しなくてはいけないはずだけど、運転手さんは左手でにぎって、安全確認をしているだけだった。

すぐに次の停車駅、新御徒町に近づく。

車両は自動で減速を始め、ホームに入るとゆっくりと走行、ホームドアに車両扉をキッチリ合わせて停車した。

その位置は寸分のくるいもない。

駅に着くと、運転手さんはマスコンを動かしてからボタンを押し、扉をいっせいに開く。

『おぉぉぉぉぉ～』

僕と七海ちゃんと大樹は、思わず感動して声が出ていた。

お客さんが乗り終わると、再び扉を閉じ、電車は新御徒町をゆっくりと出発する。

同時に、ガラスからカメラをすっと離した未来は、少ししょんぼりして見えた。

「ねぇ～。つくばエクスプレスって地上へは出ないの？」

大樹は、手帳をさっと広げた。

「全区間中、約28％は地下区間だそうです」

「ってことは……」

少し上を向いて考えている未来の横で、七海ちゃんがつぶやく。

「約四分の一がトンネルの中ってことね」

「ええ。秋葉原から四つ先の南千住までは地下を走るようですよ」

「そんなに先かぁ」

「せっかくですから、シートに座りませんか？」

「そうしようっか、みんな」

僕が言うと、未来と七海ちゃんはうなずいた。

ロングシートにはいっぱい空きがあったけど、なぜか大樹は後方に向かってドンドン歩いていく。やがて、２号車も通り越してしまった。

「大樹君、そんなに向こうまで行かなくてもいいんじゃないの？」

空いているシートを指差した未来に、大樹は振り返って笑顔で言った。

「せっかくですから……ＴＸ―２０００系名物のシートに座りましょう」

大樹の声が弾んでいる。

「ＴＸ―２０００系名物？」

「ええ」

僕たちが、デッキを越えて３号車へ入ると大樹が前を指差す。

「ほら、あれですよ」

なんと！　３号車は、セミクロスシートだった。

セミクロスシートというのは、ロングシートとクロスシートの両方がある車両。ドアの脇にだけ短めのロングシートが配置してあって、それ以外はクロスシートになっている。

「へぇ〜。ロングシートだけかと思ってたよ」

「うわぁ〜シートが浮いてるみた〜い」

未来と七海ちゃんがぴょんと飛び上がった。

つくばエクスプレスのクロスシートは壁に固定されていて、シートの下とフロアの間には支えがない。

シートの下がスカスカだから、まるで、宙に浮いているように見えるんだ。

二人がけシートが向かい合わせになった席に、僕らは足を進めた。

シートの色は、さっきと同じエメラルドグリーン。

大樹がいつものようにレディファーストで女子に窓際をゆずった。窓側の進行方向は七海ちゃん、その向かいに未来が座る。

僕は七海ちゃんの横に、大樹は未来の横へとそれぞれ座った。

あれ？　これはもしかして……。

シートのひじ置きの黒い部分に手をかける。胸がどきっと鳴った。

「やっぱりそうだ」

ひじ置きがぱかんと開き、その中には、折り畳み式のテーブルが入っていた。

引き出して、カシャンカシャンと組み立ててみると、グレーの小さなテーブルが出現。

ちょっとしたお弁当なら置くことができそうな大きさだった。

「こういうテーブルが備えてあると、駅弁も食べられていいなぁ～」

未来は楽しそうに言いながらカメラで撮る。

「秋葉原からつくばまで快速で四十五分ですから、このシートなら十分旅行気分を味わえますね」

「いいね～。今度は駅弁を持って、筑波山へ山登りにいこう！」

七海ちゃんの提案に、僕らはみんなで「さんせー」と答えた。

電車は浅草、南千住と停車し、次の北千住へと向かう途中で地上へ出る。

「まぶしい～」

照りつける日の光を未来は右手でさえぎった。

外へ出たら普通に地上を走るんだと思っていたけど、つくばエクスプレスは、地下から一気に上がって、コンクリートで作られた高架の上を走りだした。

窓の向こうには、建ち並ぶマンションやビルが見える。

すぐに大きな川を渡る鉄橋に突入。

「うわっ！　三つの線路が並走してるっ！」

未来がテンションを上げながら、カメラを構える。

「向かって左側がＪＲ常磐線、右側が東京メトロ日比谷線ですね」

「それぞれ鉄橋の形が違うっ！」

僕も右を見たり左を見たり、大忙しだ。

三つの鉄道会社の上下線を合わせて計六組の線路が並走している風景なんて、めったに見られない。

ここら辺から速度はグゥンと上がり、車窓に映る景色はビュンビュン後ろへ飛んでいく。

ガラス窓にカメラを付けて、未来はまたシャッターを切る。

「つくばエクスプレスって、もしかして、すごく速いんじゃないの？」

そう言って、未来はカメラの液晶画面を見つめた。後ろへ向かって線が伸びている。

「本当だぁ〜。風景が流れてる」

液晶画面をのぞきこんだ七海ちゃんがつぶやく。

「そうなんです。スピードも、つくばエクスプレスの特徴の一つなんですよ」

大樹がそう言うと、未来と七海ちゃんは「やっぱり」とうなずいた。

「つくばエクスプレスの最高速度は、時速130キロ。東海道線の最高速度、時速120キロを超えているんです」

「しかも東海道線は走っている電車も多いし、駅間が短いところもあるから、常に120キロってわけにはいかないんだ。それに確か、つくばエクスプレスって踏切が一つもなかったんじゃなかったっけ？」

僕は向かいの大樹に話しかける。

「ああ。それも特徴の一つだ」

「最初は地下を走ってるし、地上へ出ればこうやって高架を走るから、踏切を作る必要がなかったんだね」

「だから、こんなに速く走れちゃうのかぁ〜」

七海ちゃんは、改めて窓から外を見てウンウンとうなずいた。

つくばエクスプレスはきついカーブも少なく、とっても乗り心地がいい。

電車ならいつも聞こえるカタンコトンって音はほとんど聞こえず、まるで新幹線のようにすぅぅと滑るように走る。

時速130キロで突っ走る六両編成の電車なのに、車掌さんもいなくてワンマンで自動運転。すごいよね。

「なんだか、本当に未来の電車って感じ」

「えっ？　私がどうかした？」

未来が振り向く。僕はあわてて手を横に振る。

「そうじゃなくって、つくばエクスプレスって、なにもかも自動化されているから、アニメに出てくる『未来の電車みたい』だって言ったんだ」

「ははっ。また、そっちの『未来』ね」

未来は舌をペロっと出してニヒッと笑った。

電車は疾走し、八潮、三郷中央、南流山、流山おおたかの森、柏の葉キャンパス、柏たなかを次々とあとにする。

「みんな、次で乗り換えだよ〜」

未来が声をかけると、七海ちゃんは「は〜い」と元気よく答えた。

すぐに天井のスピーカーから、車内放送が聞こえてくる。

「ご乗車ありがとうございました。まもなく守谷、守谷。お出口は右側です。関東鉄道常総線をご利用のお客さまはお乗り換えです。守谷の次は、みらい平に停まります」

「あっ！　そうだった！」

未来が突然「しまった！」って顔で叫んだので、七海ちゃんは心配して聞き返す。

「どうしたの!?」

すると、なぜかデヘへと照れている。

「なんだよ、未来。大きな声をあげたかと思ったら、今度は笑ってるし……」

「ゴメ〜ン。さっき、アナウンスで次の駅が『みらい平』って聞いて『あっ！　私の名前の駅はここにあったんだっ！』って思い出したの」

シートから立ち上がってトコトコと扉まで歩いた七海ちゃんは、ドアの上にある路線図を見上げる。

「本当〜未来ちゃんと同じ名前だ。いいなぁ〜」

ピョンピョンとはねる七海ちゃんの横に、すっと大樹が立った。

「あたまに『みらい』とつく駅は、全国でもこの『みらい平』だけですからね。ちなみに漢字で『未来』と書く駅は一つもないそうです」

未来は、目を大きくして、みらい平の表示をじっと見つめている。

「いっ……行ってみたい……」

その気持ちは鉄道ファンとしてよくわかる。

特になにか用事があるわけじゃないけど、自分と同じ名前の駅があると、下車してどんな駅か見たいし、駅名看板と一緒に写真を撮りたくなっちゃうよね。

ちなみに「雄太」って駅はないけど、苗字の「高橋」って駅は、佐賀県のJR佐世保線にある。僕も、いつかは高橋駅に行ってみたいと思ってるんだ。

「もし余裕があるなら、行ってみる？」

そう聞いた七海ちゃんに、未来は首を振った。

「この先のスケジュールが詰まっているから……残念だけど」

未来はググッとくやしそうに答えた。

今日のプランを組んだのは未来だから、簡単に「変更しよう」なんて言えないよね。

すかさず大樹がフォローに入る。

「では、帰りに時間の余裕があれば寄ることにしましょうか」

「本当に!?　ありがとう！」

未来はそろえた両手を胸の前でパンとたたいた。

3 関東鉄道のローカル旅！

やがて、電車は守谷のホームに入り、プシュュと扉が開く。

到着時刻は8時21分。

ホームから走り去っていくTX―2000系を見送ってから、僕らは3号車の目の前にあったエスカレーターに乗って一つ下の改札階へと降りた。

守谷駅の構内はとってもシンプルで、すっきりした感じ。

「未来ちゃん、次は何線に乗るの？」

七海ちゃんに聞かれた未来は、プランを書いた紙をカサカサと広げながら言った。

「次は……関東鉄道常総線……だよ」

むぅ〜ちょっと不安だなぁ。

「では、こっちですね」

大樹は、「関東鉄道常総線」と案内の出ている左側へ向かって歩きだす。

僕らは、七台くらい並ぶ自動改札機にICカード乗車券を当てて、コンコースへ出る。

屋根が丸く開いている、グレーのタイル貼りのコンコースを歩いていくと、すぐに改札口が見えた。「関東鉄道　常総線　守谷駅」と書かれた看板が出ている。

「よしっ！　いっくぞぉ！」

未来がICカード乗車券をポケットから出して右手に持ち、高くかかげて自動改札機へ入ろうとした時だった。

「あっ！　未来、ちょっと待って！」

僕はあわてて、引き止めた。

ズルリと足をスリップさせて、未来が振り向く。

「なっ!?　なに？」

「ここは三年前と同じようにしようよっ！」

「三年前〜？」

未来は「どういうこと？」と首をひねった。

僕は、ついてきてというように人差し指を自動改札機の右側にあるガラス張りの有人改札に向けながら、足を進める。

それから、カウンターの向こうにいるやさしそうな駅員さんに言った。

「すみません。『常総線・真岡鐵道線共通一日自由きっぷ』ください！」

駅員さんはニコリと笑って、僕らを見る。

「小学生四枚でいいですか？」

「はい。お願いします！」

「じゃあ、一人一一五〇円ね」

駅員さんは、常総線・真岡鐵道線共通一日自由きっぷの右端をさっと斜めに切って小人用のしるしを入れると、今日の日付けの入った大きなスタンプをダンダンダンダンと素早く押した。

「あの封筒に入っていたきっぷと同じ！　三年前の未来ちゃんも、これで列車に乗ったのね」

「そういうこと～。それに、このきっぷは自由に乗り降りできて、とってもお得だからね」

僕らは一人ずつ一一五〇円を、駅員さんに渡して、引き換えにきっぷをもらう。

「これで今日一日、常総線全線に乗り放題です。真岡鐵道のほうは始発の下館から途中の益子までですから、終点の茂木まで行く場合は追加料金が必要となりますよ」

親切に、駅員さんがきっぷの使い方を教えてくれた。そして壁にある時計をさっと見て続けた。

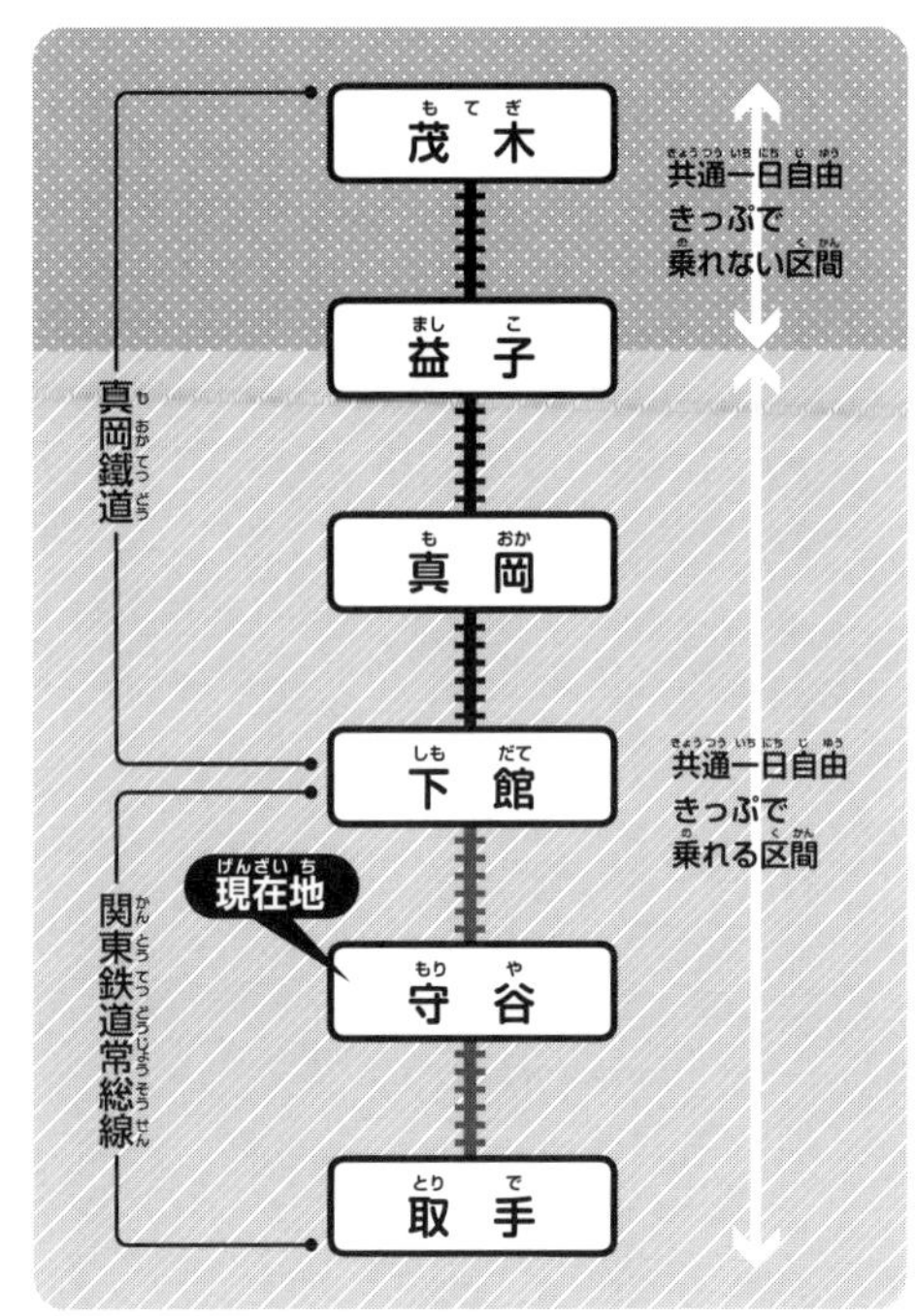

「もうすぐ8時25分発の下館行快速が来ますので、急いでくださいね」

「ありがとうございまーす」

僕らはいっせいに頭を下げ、それから早足で有人改札を通り抜けた。

そして「水海道・下館方面」と書かれた、左奥にあるエスカレーターへ向かう。

ホームの上には大きな屋根がかかっていて昼間でもうす暗く、線路ぞいの屋根には蛍光灯がズラリと並んでいた。

ちょうど取手方面から白い列車がやってくるのが見えた。

僕にとって初めての関東鉄道常総線の車両だ。

白い車体の真ん中と上のほうに、赤と青のラインが入っている。

正面には三つの窓があり、その下にはヘッドライトとテールランプが並ぶ。

そして音がすごい！

ガガガガガッ……。

ゆっくりと近づいてくる車両から、いつも乗る電車とは違う大きな音が響いてくる。

七海ちゃんがニコリと笑って振り向いた。

「雄太君！　これってもしかして！」

僕は大きく首を振ってうなずく。次の瞬間――

『ディーゼルカー!!』

二人の声がぴったりそろった。

いつも僕たちが乗っている電車は、屋根についているパンタグラフというひし形の機器で架線から電気をとり、モーターを回して走っている。

だけど、関東鉄道常総線の車両は、バスや大型トラックと同じように、ディーゼルエンジンで走る。それで『ディーゼルカー』または『気動車』っていうんだ。

「だから、架線が線路の上にないんだ」

僕は車体の上を指差した。

「確か……バスみたいに『軽油』って油を燃料にして走るんだよね」

「さすが七海さん、かなり鉄道にくわしくなっていますね」

大樹にほめられて、七海ちゃんはエヘへと照れた。

「ディーゼルカーなんて久しぶりかも～」

「東京近郊ではあまり見かけないですからね。前にもみんなで乗りましたが、八王子から高崎へ向かう八高線の高麗川～高崎間くらいでしょうか？」

キィィィンと大きなブレーキ音をたてて、車両の真ん中辺りが目の前に停車した。

「うわっ！　一両編成っ！」

「快速だっていうから、もっと長いのかと思ってたよ」

ガラガラガラガラ……。

エンジンの音が響く。ディーゼルカーは電車と違って、停車しても静かにはならない。

「この車両、おもしろ～い。前後の扉は一枚。真ん中の扉は二枚になっているよ」

未来は驚きながら、扉に向け

てシャッターを切った。

　車両には、大きく両開きする扉が中央にだけあって、前方と後方にある扉は、それぞれ片開きの小さめなものになっていた。

　ピンコン！　ピンコン！

　警告音を鳴らしながら、すべての扉がいっせいに開く。

　僕らはドキドキしながら車内へ入った。

　壁は白く、床はグレーで、シートは赤紫のロングシート。

　一両編成だとぎゅうぎゅうになっちゃうかなと思ったけど、ちょうど全員がシートに座れるくらいの乗客数だった。

　すぐに、警告音を鳴らしつつ扉が閉じられた。

　8時25分発、下館行快速列車が守谷を発車する。

　クォオオオン　クゥウウウウウウウン～!!

　床下から聞こえるエンジン音がしだいに大きくなり、スピードが上がっていく。

　それから一瞬、エンジン音が静かになり、同時に車体が大きくガクンと揺れた。そしてまた再びエンジン音が聞こえはじめる。

速度が増していくにつれてエンジン音は甲高くなり、車体はガタガタと鳴った。

僕は、流れる車窓を見ながらフフッと微笑んだ。

ゆっくりだなぁ〜。

ものすごく大きな音をたてて走るから速いように思っちゃうけど、関東鉄道はつくばエクスプレスに比べたら、すっごくゆっくり。

窓からはゆったりと景色が楽しめる。

「特等席から見ようよっ！」

僕らは車内を前へ向かって歩いていく。

三枚ある前面窓からは、ずっと先まで延びている四本のレールが見えた。

僕らの乗った車両は複線の左側を走っている。

「まっすぐな路線だね」

「この辺は大きな山や湖、川など線路を通すのにジャマなものが、あまりないのでしょう」

大樹と未来が並んで話している。

関東鉄道常総線は急な坂を上ったり下ったりすることが少ない。

のどかな緑の田園風景の中を進んでいく。

右側には道路が並行して走っていて、農作業用の道具を積んだ白い軽トラックを追い抜いたりもする。

快速だから、小さな駅には停まらない。

レンガ造りの駅舎が線路におおいかぶさっているような新守谷を過ぎ、長いホームが両側にある小絹を越えると、右前方に列車がたくさん並んでいるのが見えてきた。

「うわっ！　関東鉄道の車両基地だっ！」

「本当だっ！」と七海ちゃんも右を向く。

「古い車両がいっぱい！」

未来は窓にカメラのレンズを押しつけて、ガシャガシャと連続撮影を始めた。

「ここは『水海道車両基地』というらしいですよ」

さすが大樹。こんなところまで、ちゃんと調べているなんて。

僕は右の窓にピタンと顔を付けて、目を何度もキョロキョロと往復させた。

水海道車両基地には、僕らの乗っているようなカラーリングの列車のほかに、車体全体がクリームで、真ん中にオレンジのラインが一本だけ入ったレトロな車両など、いろいろ停まっていた。

ここだけもっとゆっくり走ってくれたらいいのにと思ったけど、そうはいかないよね。

しばらくして列車は減速を始め、最初の停車駅、水海道へと入って停車した。

水海道を出発すると、前を見つめていた七海ちゃんがハッとしたように声をあげた。

「あっ！　単線になった！」

「本当だ〜」

守谷駅からずっと複線だったけれど、水海道駅から先は単線になっていた。

関東鉄道常総線のローカル感が一気に高まる。

僕らは都会の電車も好きだけど、こういったローカルな雰囲気も大好物。

みんなでずっと、前面から見える風景を眺めている。

右側には、三つのとがった山頂を持つ、大きな山が遠くに見えてきた。

「あれは筑波山ですよ」

大樹がすかさず教えてくれた。

線路の両脇には田んぼが広がっている。

青々と伸びた稲が、風を受けると波のように大きくうねり、まるで緑の海のよう。

今回は真岡鐵道へ行って、ＳＬもおかに乗ったり、未来が三年前に好きになった人（？）に再会するのが目的だけど、こうしてただ列車に乗っているだけでも楽しい。

下館に早く着くだけなら、昔、父さんと行った時みたいに、新宿から湘南新宿ラインに乗ったほうがいい。

でも、鉄道ファンだったらまっすぐに目的地へ向かうだけじゃなくて、こんなふうに少しの回り道をしながら、いろいろな鉄道に乗っていくのもいいよね。

次の停車駅、石下が近づいてきた時だった。

白い壁に薄い緑の瓦を乗せた、五階建てはありそうな立派な城が目に入った。

「お城だっ！　お城がある！」

僕は右の窓を指差した。

「ほんとだ。こんなところにお城なんてあるんだねぇ」

未来はお城にピントを合わせる。

ケータイで地図を検索した大樹が顔を上げた。

「あれは……『豊田城』っていうみたいですよ」

『豊田城!?』

「昔からあったお城ではなく、常総市の地域交流センターとして平成四年に建てられたんだそうです。中には大きなホールや図書館、石下の歴史を紹介した展示室があるみたいですね。この地域に昔本当にあった豊田城にちなんで、そう呼ばれているようです」

「へぇ〜そうなんだぁ」

僕はお城を見えなくなるまで見つめた。

快速運転のため、途中の停車駅は石下、下妻の二駅だけ。

守谷から約四十五分間で、終点の下館に到着する。

ここで真岡鐵道に乗り換えるんだ。

運転席近くの一枚扉からホームへ降りると、6番線という表示が見えた。

ホームの奥には、簡易ＩＣ乗車券改札機を二台備えた小さな改札口があった。

「うわっ、ホームの真ん中に改札口があるよっ！」

七海ちゃんはポケットからきっぷを取り出して、駅員さんに元気よく見せる。

「はい。ありがとうございます」

駅員さんは、にこやかに笑って改札を通してくれた。

普通、改札口は駅の入口近くにある。けれど、下館駅はＪＲ、真岡鐵道、関東鉄道常総線が共同で使用する駅だから、こんな造りになっているんだ。

僕も大樹や未来と一緒に、駅員さんにきっぷを見せて改札を通る。

「こういう改札は、ＪＲから独立して第三セクターとなった鉄道なんかに多いんだよね」

「そうだな」

僕と大樹はうなずきあった。

ちなみに第三セクターっていうのは、県や市といった地方の自治体と民間の企業が共同で運営する私鉄のこと。

元々ＪＲだった路線を引き継いで運営している路線が多いんだ。

　七海ちゃんは頬を人差し指でトントンとたたきながら、不思議そうに聞く。

「どうして、第三セクターだとそうなるの？」

「ＪＲの路線から独立する時に、今ある駅を二つに分けるわけにもいかないでしょ？」

「それに駅舎を新しく造れば多額の建設費がかかります。第三セクターでスタートする鉄道会社は、そうした予算がとれないことも多いんですよ」

「だから、駅の形はそのままにして、第三セクターの鉄道会社が使用するホームのすぐ近くに改札口を設けることが多いんだ」

　僕と大樹の説明に、七海ちゃんは「そうなんだぁ」とうなず

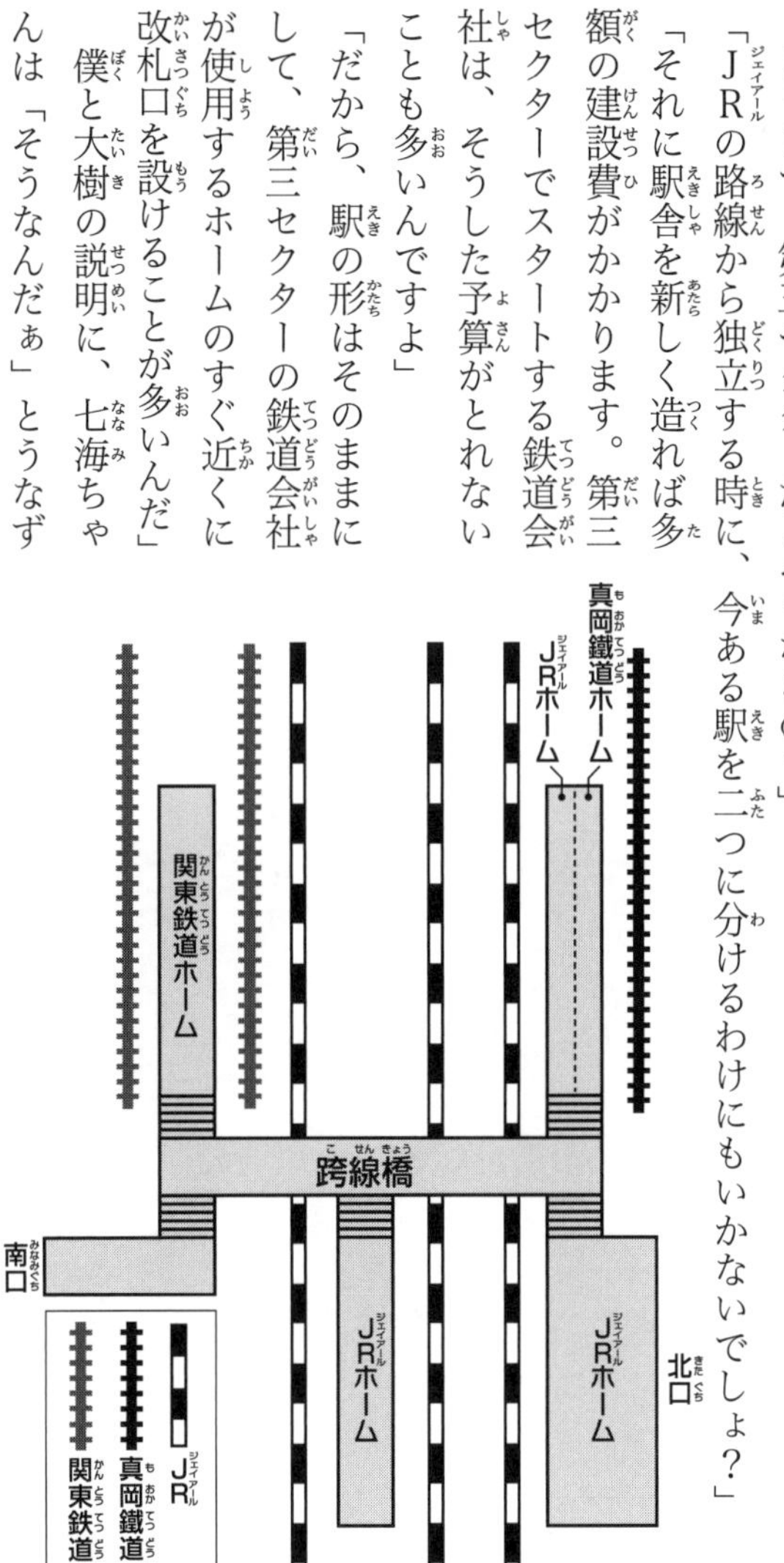

いた。

改札を抜けた僕らは、目の前にある階段を上がって、線路をまたぐようにかけられている三角屋根の跨線橋を進む。

先を歩いていた未来に、七海ちゃんは駆けよる。

「ねぇねぇ、未来ちゃん！　ドキドキしてきたっ？」

「えっ、えっ？」

「だって、次は真岡鐵道でしょ？　もしかしたら、ふみお君が未来ちゃんのこと、ここで待ちかまえているかもっ！」

七海ちゃんはワクワクした顔で迫る。

未来が、さっと緊張した顔になった。

「そっ、そっかな……」

「私だったら、少し早めに行って探すもんね！」

そう言われて、未来は真剣な顔で、周囲をキョロキョロと見まわす。

そんな様子を見て、大樹はすっと左前方を指差した。

「真岡鐵道は1番線ですよ」

「ってことは、フィアンセはそこにいるのね！」

七海ちゃんが耳打ちしたとたん、未来の顔が真っ赤になった。

「フィ、フィアンセって。やめてよ～ふみお君に聞かれたら、恥ずかしいよ」

「本当にフィアンセかもしれないんだよ？」

七海ちゃんは、真っ赤になっている未来の手を握ると、ぐいぐい引いていく。

まるで七海ちゃんがフィアンセに会うみたいな勢いだった。

未来のプラン

「真岡鐵道の改札口発見――!!」

七海ちゃんが改札口を指差して、にこっと笑った。

ホーム上に机を置いて、駅員さんたちが乗車券やSL整理券を売っている。

この机は改札口も兼ねていて、僕らはそこで常総線・真岡鐵道線共通一日自由きっぷを見せて、1番線に入った。

ケータイで時刻を確認すると、9時15分。

七海ちゃんはああ言っていたけれど、さすがに未来のフィアンセ(?)もこんなに早くからスタンバイはしないんじゃないかな?

改札をくぐると、いつもの未来に戻ったみたい。

「あ、あのね、七海ちゃん、ふみお君の話は……午前中は、や、やめよう？　なんか落ち着かなくて……私、今日の計画に集中したいんだ」

未来が七海ちゃんに、こそっと話しているのが聞こえた。

「SLもおかに乗るほかに、なにかあるのね？」

「うん。実は、すごいの考えてきたんだ！」

「わかったよ、未来ちゃん。ごめんね、先走っちゃって。計画ってなんだろう、楽しみだなぁ」

そう。未来は「サプライズツアーだよ」って言って、今日の計画の中身をみんなに教えてくれていないんだ。いったい、これからどうするつもりなんだろう。

時刻表を活用するのが下手な未来の計画……そう考えると、僕はどうしても不安になってしまう。

もし、下りのSLもおかに乗るんだとしても、下館駅を出発するのは10時35分だから、一時間以上も先だ。もちろん、ふみお君が乗っているはずのSLはさらにもっとあと。

僕は思わずぼやいていた。

「未来〜。時間余りまくりじゃんか」

「え〜っ、そんなことないよ」

四つ折りの計画書とにらめっこしている未来が、ぼそりと答える。

「目的のSLもおかが茂木を出るのは、14時26分だよ〜。ここから茂木までは普通列車で、だいたい一時間くらいだろう？　まだ五時間以上もあるじゃんか」

未来は、さっと顔を上げた。

「その発言は、鉄道ファンらしくないなー。鉄道の楽しみはいっぱいあるんだよ？　時間

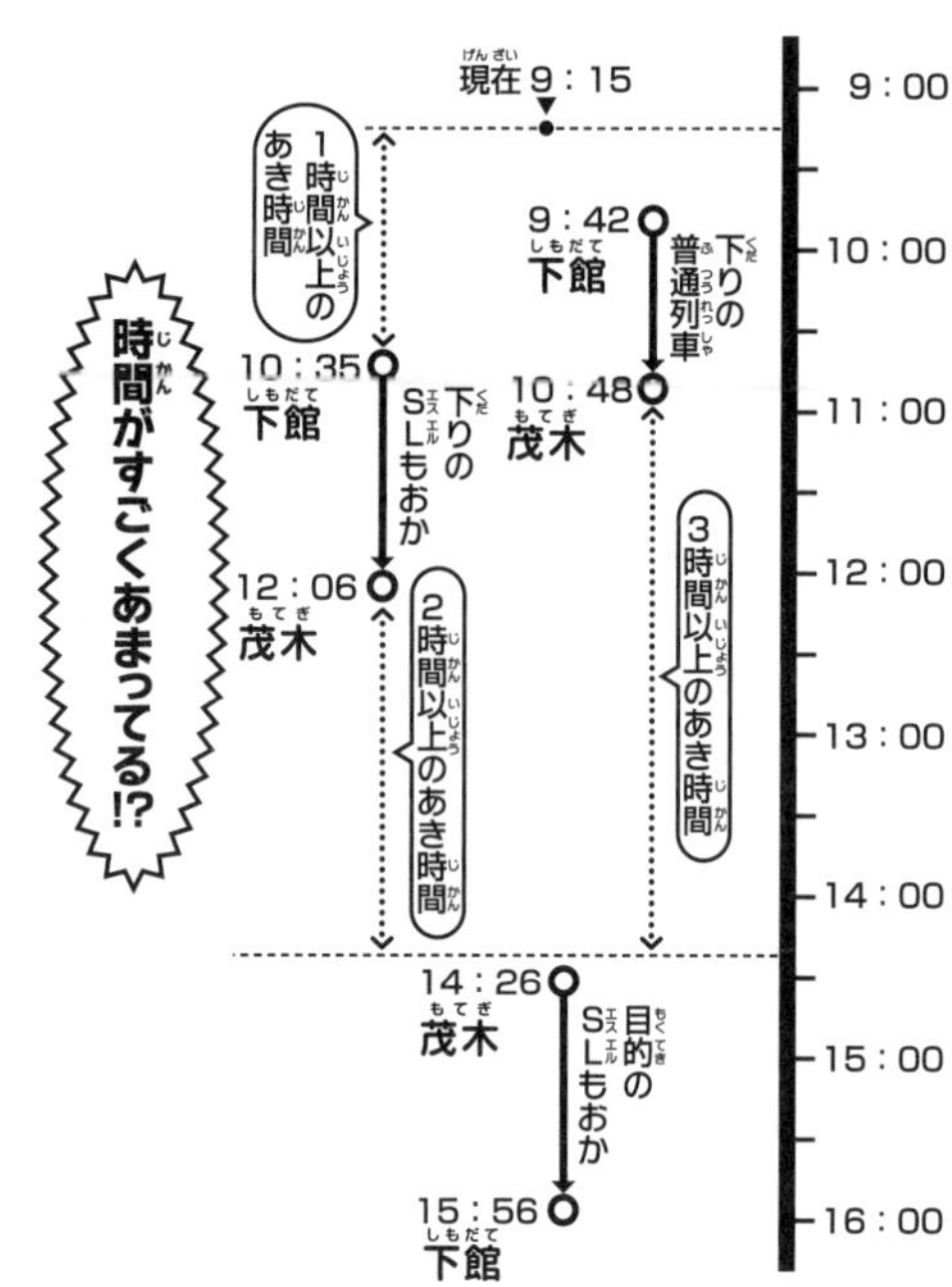

はいくらあっても足りないの。五時間も、じゃないわ。五時間しかないのよっ！」

きっぱりそう言って、ニカッと笑う。

目がキラキラ光っている。その表情から、未来が今日の計画に自信を持っているということが伝わってくる。

「今日は私を信じて、まっかせなさ〜い!! 絶対、楽しいから」

そんな笑顔で言われたら信じるしかないか。

ホームからは、ガガガガっていうエンジン音が響いてきていた。

先を歩いていた七海ちゃんが振り返って叫ぶ。

「雄太君、真岡鐵道もディーゼルカーだよ！」

「うん、二連続だね！」

真岡鐵道は、蒸気機関車とディーゼルカーが走る非電化路線だ。

エンジン音は、関東鉄道常総線のものよりもさらに大きいような気がする。

1番線は、長いホームの一角を切り取って線路を設置している「切り欠きホーム」。

そこに停車しているのは、一両編成のディーゼルカーだった。

前と後ろに、大きな片開きドアが一つずつ付いている。

車体のほとんどは濃い緑と淡い緑のモザイク模様だけど、下からひざの高さくらいまでは、あざやかなオレンジで塗られている。緑とオレンジの境目の辺りには、白い点線が引かれていた。

たくさんの列車を見てきた僕だけど、こんな色あいは初めてだ。

「かわいい模様だね」

そう言いながら未来は、カメラを構えて、正面、全体、と撮りまくる。

「本当ね。おもちゃの電車みたい」

七海ちゃんがそう言うのと、大樹が手帳を開くのが同時だった。

「これは『モオカ14形』という、真岡鐵道オリジナルの気動車です。このデザインは、一般の人から募集したものをベースにしたようですよ」

車体正面の中央には、貫通扉と呼ばれる大きな扉があり、その両側に小さな長方形の窓がある三枚窓タイプ。その窓の上に、四角のヘッドライトとテールランプが並んでいる。

そして車体の両側には、バスみたいなサイドミラーが付いていた。

「あれ〜？　先頭車にサイドミラーなんて、いつも付いていたっけ？」

七海ちゃんは「？」って顔で腕を組む。

「普通は付いていませんよ」

大樹は微笑んで答える。

「どうして、ここの車両には付いているの？」

「真岡鐵道だけではなく、ワンマン運転をやっている車両には、サイドミラーが付けられているものが多いんです。車掌さんが乗っていないので、運転手さんがサイドミラーでホームなどの安全確認をするためなんですよ」

「そうかー、大事な部品なんだね」

七海ちゃんがうなずくと、未来がさっき撮ったばかりの関東鉄道常総線の車両が写っている写真をデジカメの液晶画面で見せてくる。

「でも……同じワンマン運転をしている関東鉄道常総線の正面には、サイドミラーがないよ」

「ちょっとデジカメ貸して」

僕は、未来のデジカメのカーソルボタンを使って画像をいくつか飛ばし、停車した時に駅に向けて撮った一枚を選び出した。

そして、画像の左隅に指を置く。

関東鉄道常総線のホーム先頭の屋根には、見通しの悪い交差点などに設置されるカーブミラーのような、幅五十センチくらいの大きな四角いミラーが取り付けられていた。

「ほら、ここ。ホームの上に後方確認用のミラーが置いてあるでしょ？」

「うわっ！　本当だっ！」

未来は画面を拡大し、くいいるように見つめている。

「車両だけじゃなくて駅や線路にも注目してみると、鉄道はまた新たな発見があるよっ！さっき乗ったつくばエクスプレスなんかは、ミラーじゃなくて、モニターとカメラを使ってたよね」

「よく気がついたね。ミラーなんて、全然気づかなかったよ。よしっ！　私もしっかり見るようにするぞ！」

未来は元気よく右手を挙げた。
真岡鐵道も一両編成なので、歩けば五秒で先頭に着いちゃう。
僕らはお互いのケータイで、代わりばんこに車両の正面と一緒に記念撮影。

それから、胸を弾ませて乗りこんだ。初めての鉄道、初めての車両に乗る時は、いつもわくわくが止まらなくなる。

モオカ14形の車内も、セミクロスシートだった。

車両前後の扉付近は短めのロングシート、その間には四人がけクロスシートが通路をはさんで三セットずつ並んでいる。シートの色は深い緑だ。

「特等席はどんな感じかな？」

僕と大樹は、一緒に運転台のほうを振り返った。

「もしかして!?　ここから見てもいいの!?」

「そっ、そうみたい……だぞ……」

出入口のすぐ横が特等席なんだけど、そこを見た僕らの声が思わずうわずっていた。

だってすごいんだ！

モオカ14形の運転台は左側にあり、白い壁に囲まれている。

そして右側は、なんと乗客に解放されているんだ!!

普通の列車なら、特等席といっても、運転手さんがいる運転席の後ろ。

でも、真岡鐵道のモオカ14形では、「ガラス一枚向こうは外」という位置で前を見ることができる！

「最高だね！」

「感動だな！」

僕と大樹は、窓ガラスに身を乗り出すように並んで、前を見つめる。

「すっごぉ〜い!!　こんな前から見られるんだー」
あとからやってきた七海ちゃんも目を丸くする。
でも、ここに立っていて本当にいいのかな。

僕と大樹は同時に、左の運転席に座っている運転手さんをチラリと見た。

その瞬間、運転手さんと目が合った。運転手さんは「ここからの眺めを楽しんでね」とでもいうように、僕らに笑顔を見せてくれた。

『いいんだ！　本当にここから見てもいいんだ——!!』

喜びが、じわじわと広がって

いく。

ここから見える風景。それは運転手さんが見ている風景と同じ。

運転手さんの目線だ！

僕と大樹は、島根県にある一畑電車で本物の電車を運転する「運転体験」をしたことがあるんだけど、その時に見た光景とまったく同じ！

出発時刻の9時42分がきた。

ファァァァァァァァァァァァァァン！

扉が閉まり、大きな警笛を鳴らしてから列車は走りだした。

ブルルン……ゴゴゴゴゴォオオオオオオオ……。

ディーゼルエンジンがうなりをあげる。

同じディーゼルカーだけど、さっきの関東鉄道常総線とは少し音が違う。

そんな音の違いが気になって、僕は手を当てて耳をすませた。

長いホームに沿って走りながら、列車は一気に加速していく。

加速するたびに車体がひずみ、キィンキィンと金属のきしむ音がした。

ホームを抜けると、左側にJR水戸線の上下線と一瞬並んで走り、すぐに大きく右にカーブして直線に入っていく。

真岡鐵道は単線。

最初は民家と民家の間を走っていたけど、すぐに真っ青な田んぼと田んぼにはさまれた、あぜ道のようなところを走っていく。

たまに通過する踏切からは、カンカンカンと鳴る警報音が聞こえた。

しばらく行くと車窓右側は住宅街、左側には、たくさんの稲穂が揺れるのどかな田園風景に変わった。

唾を飲みこむことさえ忘れて、僕は前を見続けていた。

運転手さんだけが見ることができる風景がここにはある。

胸がいっぱいになった。

僕もいつか、電車の運転手さんになって、二本のレールが続くこうした風景を毎日、見つめたい……。

いつまでもここに立っていたかったけど、こんなすごい特等席はひとりじめしちゃダメ。

名残おしかったけれど、僕は言った。

「みんな、席に座ろうか？」

クロスシートが左右に並ぶ通路を歩き、空いていた左側のシートに座る。

列車は最初の停車駅、下館二高前に到着。

「うわぁ～シンプルな駅～」

七海ちゃんが立ち上がって、窓に顔を寄せた。

下館二高前は左側に幅一メートルくらいのホームがあって、前後にスロープが設置されている。

待合室はなく、小さなベンチに屋根がかけられているだけ。

列車はそのベンチの前にピッタリと停車して、お客さんを一人降ろして一人乗せる。

「なんだかバスみたい？」

七海ちゃんがぽつりとつぶやいた。

運転台の脇には、バスでよく見かける運賃箱があって、お客さんはそこへきっぷを入れて降りていく。乗る人は、運転台の後ろの壁に付けられた整理券発行機から整理券を取って車内へ乗りこんでいた。

「運賃表示機もあるのねっ」

整理券発行機の上には、整理券の番号によって運賃が表示される機械があった。

未来は立ち上がり、早速それらの機械をパチリパチリと写真に撮った。

そして列車が折本に着いた時、未来が叫ぶ。

「あっ！　ＳＬもおかっ！」

未来はすかさず、右側の窓にカメラを向ける。

「えっ!?　ＳＬもおか？」

僕は、ぽかんと口を開けた。

だって、時刻表にはそんな列車は載ってないんだ！

けれど、右の線路の先に確かにＳＬもおかがいた。

真岡鉄道は単線だけど、折本駅の周りだけ、複線になっているんだ。

オレンジのディーゼル機関車、三両の茶色の客車、そしてその向こうに黒い蒸気機関車を連結した列車がどんどんこちらに近づいてくる。

すごいっ！

でもなんで？　こんなところでSLもおかとすれ違うなんて……!?

間近に迫ってくる蒸気機関車の姿に、いやでもテンションが高まっていく！

「うっわぁ！　すごい！」

未来が窓越しにバンバン写真を撮りながら、興奮した声で叫ぶ。

僕も、目の前を通り過ぎていくSLもおかに目が釘づけだ。

しかも、蒸気機関車の先頭は茂木方面を向いていて、逆向きで走っているんだ。

そんな姿なんか、めったに見られない！

大樹も息をのんで、身を乗り出すように見つめている。

そうしているうちに、僕らの車両も折本駅を出発。

SLもおかが遠くに過ぎ去ってしばらくしてから、大樹はようやく口を開いた。

「どうやら、回送列車のようですね。客車に、お客さんが一人も乗っていませんでした」

「そういうことか……。回送列車は時刻表に載らないもんね」

「SLが、どこかの車両基地から、始発の下館まで移動してたってこと？」

七海ちゃんがたずねた。

「そうみたいだね」

「ディーゼル機関車を先頭にして、逆向きに引っぱっていたのはそのためでしょう。あのまま下館まで行けば、最後尾の蒸気機関車が今度は先頭になります。そのまま、茂木行の下り列車になるんだと思いますよ」

すごい場面を間近に見られて、かなり得をした気分だ。

大樹の顔も興奮で少し、赤くなっていた。 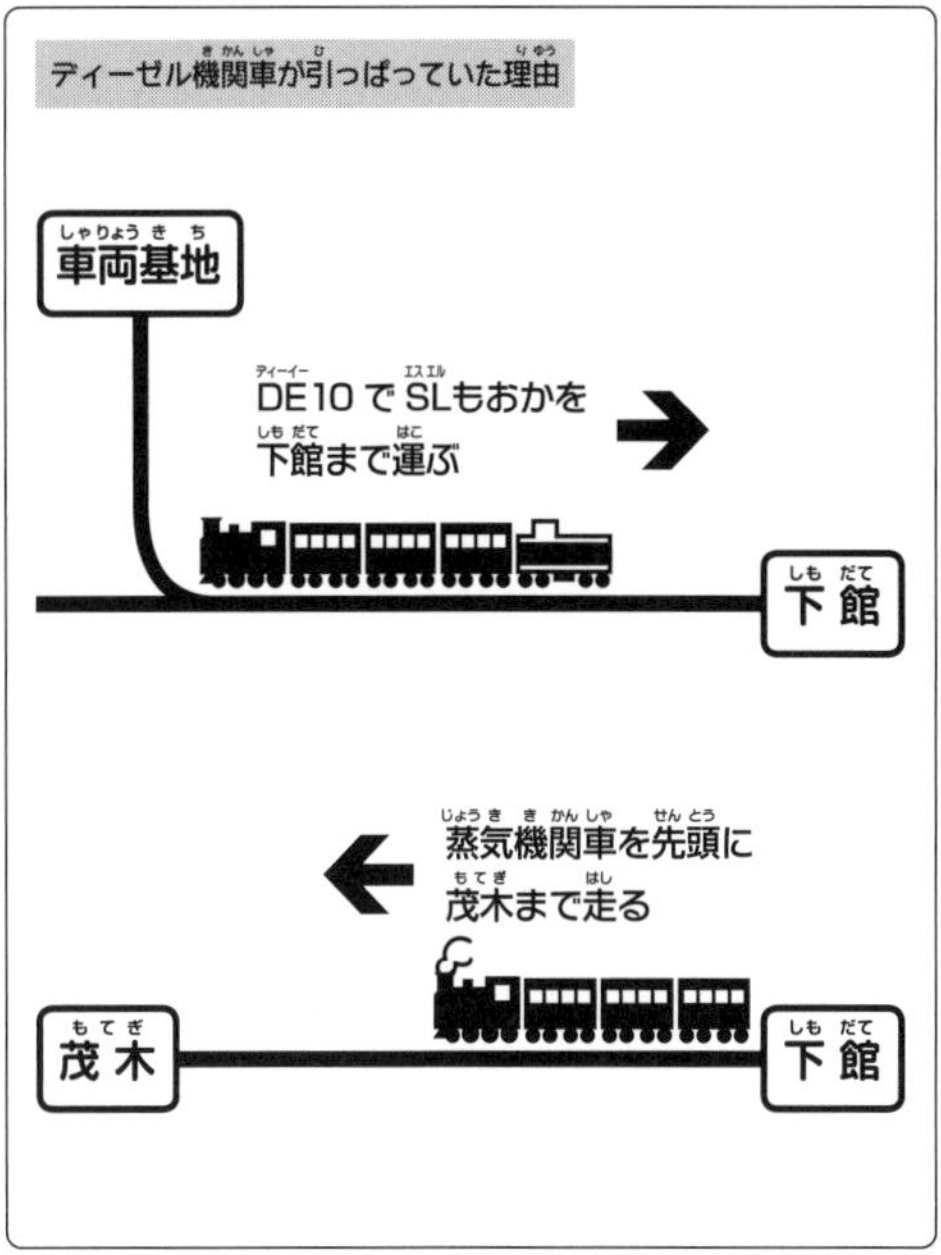

列車はひぐち、久下田に停車

ディーゼル機関車が引っぱっていた理由

車両基地
DE10 で SLもおかを
下館まで運ぶ
下館

蒸気機関車を先頭に
茂木まで走る
茂木
下館

し、さらに先を目ざす。

しばらくして、右へとゆるくカーブした直後、七海ちゃんがぴょこんと立ち上がって前を指差す。

「森のトンネルだ！」

そこには、うっそうとした緑が見えた。左右の木が大きく、線路へ張り出している。

列車がその中へ入ると、本当に緑のトンネルのようだった。

そこを抜けると、右側に一面の田んぼが広がっていた。

列車が寺内に近づいてググッと減速した時、未来が元気よく立ち上がる。

「みんなっ！　次の寺内で降りるわよ！」

「えっ!?　終点まで乗っていかないの？」

両肩に荷物をたすきがけにした未来から笑顔がこぼれる。

「これから、今日の旅のもう一つの目的地に向かうの。みんなもきっと気に入るはずだよ！」

この駅に特別なものがあるなんて、聞いたことがないけど……。

一体、未来の目的はなんなんだろう？

モオカ14形はキィインと大きな音を立てて、寺内に停車。

僕らは、運転台から出てきて運賃箱の前に立っていた運転手さんに、一日自由きっぷを見せて降りる。

寺内は、茶色の瓦屋根の小さな駅だった。

ホームには、細かいジャリが敷きつめられていて、数本の木が植えられている。まるで京都のお寺の庭のような感じだ。

プワンと警笛を鳴らして走りだす列車を見送ってから、駅舎へ入った。

ケータイで時計を見ると、10時1分。

「レトロだねぇ〜」

七海ちゃんが、きょろきょろ辺りを見まわしながら言った。

木造の駅舎の壁ぞいには、長いベンチがある。

昔は、ここにたくさんのお客さんが座って列車を待っていたのかな、とふと想像してしまう。

未来のあとを追って、駅舎を通り抜け、駅前広場へと出ると、耳をつんざくようなセミの声に包まれた。強烈な日差しが降り注がれて、風景が白っぽく見える。

「暑っ！」

僕は思わず声に出していた。

「さあ、歩くわよ」

未来は元気たっぷりに言うと、カメラ機材をガシャンと背負い直して、僕らの顔を見まわした。そして先頭をきって歩きだした。

「歩くって!?　どこに？　駅から離れるの？」

「そう。しばらく歩くの。みんな、がんばろう！」

めちゃくちゃ笑顔でそう答える未来。

ドンドン歩いていく未来のあとを、僕らはあわてて追いかけた。

駅前の道路を右へ進み、ガソリンスタンドのある交差点を右へ曲がり、細い路地のような道を歩いて真岡鐵道の踏切を渡る。

それから、田んぼの中を通っている一車線道路を歩いた。

曲がり角のたびに、未来はケータイの地図アプリで場所を確認しながら「こっち！」と、勢いよく叫ぶ。

七月の太陽は、頭上からようしゃなくぎらぎらと照りつける。

未来が「帽子をかぶってきてね」とわざわざ言ったのは、このためだったんだ。

真夏の炎天下を歩く時には、帽子をかぶっておかないと、日射病で倒れちゃうからね。

七海ちゃんは、持っていた日傘をかしゃりと開く。

さすが七海ちゃん、こういうところがお嬢さま〜って感じ。

真っ白なレースの日傘をクルクルと回しながら歩く七海ちゃん。一人だけなんだかとても涼しそうだった。

やがて橋を渡り、高速の下をくぐる大きなトンネルを通り抜ける。

さらに田んぼの中の一本道をしばらく歩いて、空き地にある大きな木のそばまで来た時、くるりと未来が振り向いた。

「ここよっ！　みんなっ、着いたわよ！」

「え、ここ？」

七海ちゃんがレースのついたハンカチで、額の汗を拭きながら首をかしげた。

駅からここまで三十分くらいかかったから、たぶん距離にすると二キロくらいかな？

みんなそれぞれのバッグから水筒やペットボトルを出して、ゴクリと飲んだ。

「さあ、問題です。なぜ、ここが目的地なのでしょうか」

未来はきゅっと肩をすくめて、いたずらっ子のように目を細めた。

落ち着いて周囲を見まわすと、電信柱や建物はなく、田んぼが広がっているだけ。

目の前にある小さな林の手前に、少し高くなった土手があって、その上には線路が走っていた。

道ばたには、ポツリポツリとカメラをセットした三脚とおじさんたちが並んでいて、みんな同じ方向を見て、じっとなにかを待っている。

こ、これは——

「わかった！　SLもおかをここから撮るんだな」

「あったり〜！　さすがだね、雄太!!」

大きなバッグの中から黒い三脚を取り出していた未来が顔を上げて、てへっと笑う。

「え——っ!?　こんなところで〜!?」

七海ちゃんが驚いたような声を出した。

三脚の脚を伸ばし、素早く広げてストッパーで固定しながら未来はこくんとうなずく。

「そうよ！　撮り鉄って本来は、こうして離れたところから走っている列車を撮ったりするものなのよ」

「へぇ〜そうなんだぁ」

「だって、駅だと、列車は停まっているし、編成全体を撮るのは難しいでしょ？」

「こういう場所から、走っている列車を撮るわけなのね……」

うなずく七海ちゃんに、未来はやさしく微笑む。

「『電車が走っている！』っていう躍動感のある写真は、こうして撮らないとねっ」

未来の声が弾んでいる。そして笑顔がキラキラ輝いている。

まるで好きな人にでも出会った時みたい!?

未来は、別のバッグから長いレンズを取り出して交換してから、完成した三脚の上に、カメラをネジで取りつけた。

「未来ちゃんが三脚使うの見たの、初めてかも。いつもは使わないよね？」

「三脚を使っていいのは、こうした広い場所でだけだからね。駅や車内では、他の人の迷惑になるし、足を引っかけたりしたらあぶないから、絶対に使っちゃダメなの」

「誰かに当たったら、あぶないもんね」

「外で使う時も、車通りの多い道路を避けて、田んぼや畑に勝手に入らないように気をつけるの」

未来は慎重に場所を探して、道路の脇の少し広くなってる場所に三脚を設置する。

「よしっ！　これで準備完了！　あとは待つだけねっ」

未来は満足そうに、う〜〜んと両手を空に伸ばした。

「ところで、下りのSLもおかがここを通るのって、何時なの？」

僕が聞くと、未来は首をかしげた。

「さぁ？」

「えっ!?」

「たぶんもうすぐだよ」

「たぶん!?」

「だってここは駅じゃないんだから……ずっと緊張して待ってないとっ！」

未来はカメラの本体を持って、レンズをしっかり下館方面へ向ける。

すると、大樹がメガネの真ん中にすっと右手を当てた。

「11時ちょうどくらいじゃないでしょうか」

「えっ？　どうして、そんなことがわかるの!?」

未来はファインダーから目を離して、大樹を見た。

大樹は未来に、ＳＬもおかの時刻表が表示されていた。

画面には、ＳＬもおかの時刻表が表示されていた。

「下りのＳＬもおかが、さっき僕らが下車した寺内を出発するのが10時57分。そして、この前を通過して次の真岡に到着する時刻が11時３分。地図を見ると、ここは二つの駅のちょうどその中間ぐらいの場所ですから、11時ちょうどくらいに通過するって計算です」

未来はぽかんと口を開いた。それから感心したようにつぶやく。

「さっすがＴ３の頭脳、大樹君だね」

「ってことは……。あと、二十分くらいね。撮り鉄は大変だぁ～」

七海ちゃんはそう言うと、日傘を少し傾けて真っ青な空を見上げた。

夏の空はカキーンと晴れわたり、太陽が真っ白に輝いている。

「みんな、つきあわせてゴメン。でも私はこうやってドキドキしながら待っている時間も

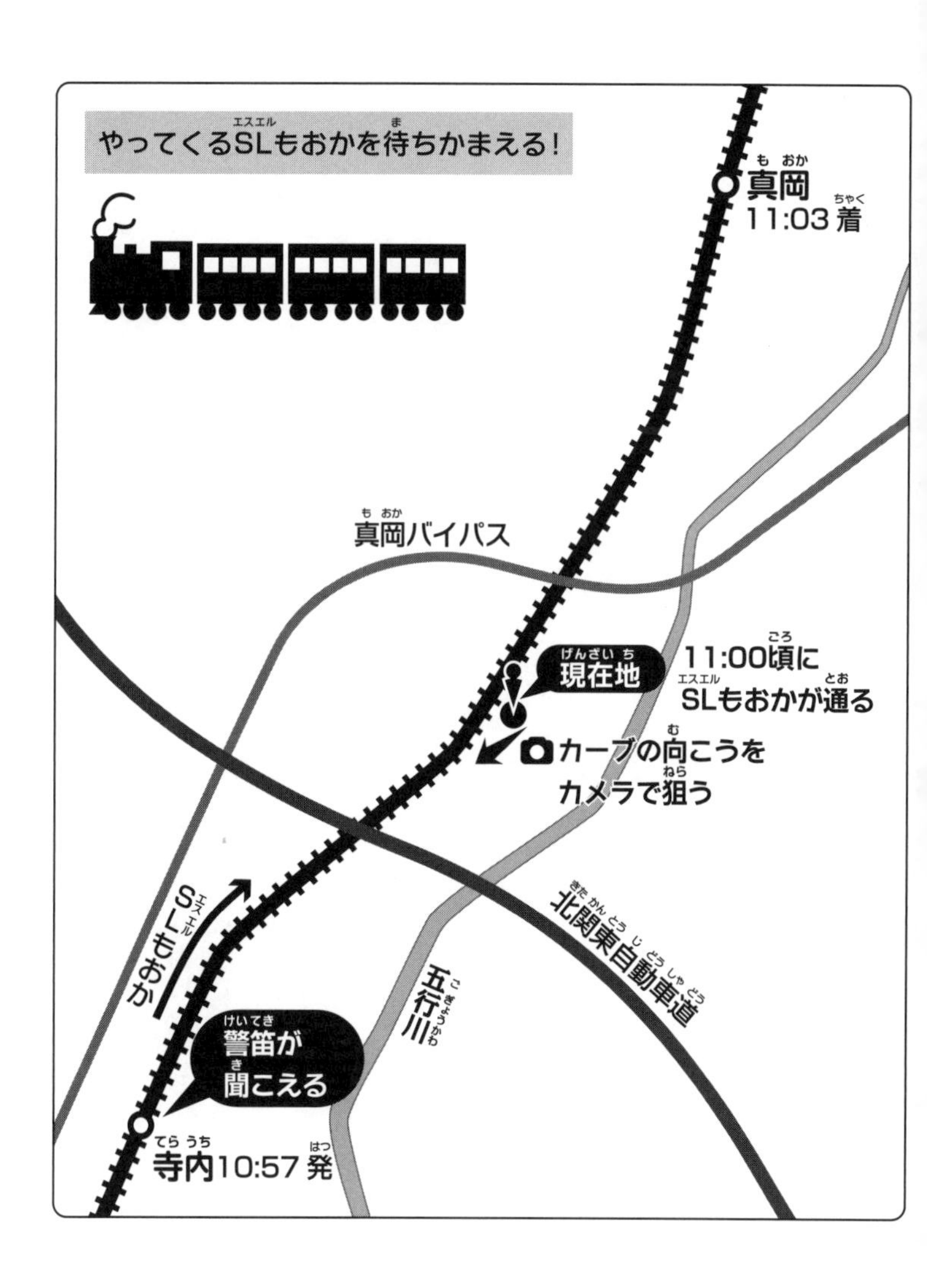
やってくるSLもおかを待ちかまえる!
真岡
11:03 着
真岡バイパス
現在地
11:00頃に
SLもおかが通る
カーブの向こうを
カメラで狙う
SLもおか
北関東自動車道
五行川
警笛が
聞こえる
寺内10:57 発

好きなんだ。できたら、みんなにもこのワクワクする感じを味わってほしいと思って」

「そっか〜。そうとなったら私も、列車を待つ時間もしっかり味わわなくちゃ」

七海ちゃんと未来はニコリと笑いあった。

目の前の林からは、ジィィと鳴くセミの声がずっと聞こえてくる。

その奥の空には、もくもくと白い雲が湧いている。

夏休みだなぁって、思った。

そして、その時が来た。

フォオオオオ〜。

「うんっ!?」

僕の耳が、遠くで鳴る蒸気機関車独特の警笛をとらえた。

その瞬間、近くにいたおじさんたちが、いっせいにカメラに手かけてレンズを線路へ向ける。

その光景は、まるでレッドカーペットに現れるハリウッドスターを撮ろうとする報道陣のようだった。

七海ちゃんが、未来にささやく。

「あの警笛は、寺内を出発する合図じゃないっ？」

「未来さん、そろそろ来ますよ」

大樹がケータイの画面を見ながら声をかける。

「よしっ！　撮るぞ――!!」

フンと鼻から息を抜いた未来は、三脚の上のカメラに手をかけ、両足を踏んばって待ち構えた。

その姿からは、緊張と興奮が伝わってくる。

未来、かっこいいぞ！

僕と大樹と七海ちゃんは撮影の邪魔にならないように、未来の後ろに立って線路を見つめた。

フォォォォォォォォォォ〜。

右カーブのすぐ向こう側くらいから、さっきより大きい音で警笛が鳴り、その音が周囲に反射してこだまのように響きわたる。

「あっ、来た――!!」

七海ちゃんの指差した先から、ゴッゴッゴッゴッという音も聞こえてきた。

電車と違って、蒸気機関車は音と煙のおかげで、やってくるのがわかるんだ。

ピストンが前後に動くガシュガシュって音が聞こえたり、空にグレーの煙をいっぱいに広げながら近づいてきたりするからだ。

それに、普通の電車と比べると、走るスピードはとっても遅い。

シュシュシュ！　シュシュシュ！　シュシュシュ！

ゆっくりと近づいてきた機関車は、動輪の少し前に設置されたシリンダーから、線路に向かって白い蒸気を噴き出していた。

迫ってくる重厚感がたまらない。

「いくぞ――っ!!」

カシャ！　カシャ！　カシャ！　カシャ！　カシャ！　カシャ！

未来はカメラのシャッターボタンを押しっぱなしにして、連続で撮影する。

SLもおかを牽いてるのは、真っ黒なC11って蒸気機関車。

少し小さめの蒸気機関車だけど、その走りは迫力満点だ！

やっぱり蒸気機関車は、かっこいい――――!!

ドドドドドドッ！

ドドドドドドッ！

ドドドドドドドッ！

蒸気機関車が間近に迫ると力強い音に変わり、かすかに地響きを感じる。

なんだろう……

この感覚……。

僕は蒸気機関車を見ると、とてもドキドキする。

もちろん、普通の電車を見る時も楽しいんだけど、蒸気機関車は特別だ。

めったに会えないすごいタレントに会った感じっていうのか、大迫力プロ野球を球場で見たっていうライブ感みたいなものが蒸気機関車にはあるんだ！

鋼鉄の機械ではなく、生きもののように思える。

シュッシュッという音は心臓の鼓動。

煙は呼吸。
警笛は喜びの声。
そんな感じがするんだ。
やがて、手が届きそうな距離までSLもおかが迫ってきた！
その瞬間、蒸気機関車は撮影している僕らに向かって挨拶するように、

フォオオオオオオオオオオオオオオオオオオオオオ〜

と、長く長く警笛を鳴らしてくれた。
通過する列車に合わせて、未来がレンズを左から右へ大きく振る。
C11の後ろには、茶色に赤いラインの入った客車が三両連結されていた。
僕らの前を通過したSLもおかは、次の停車駅のある真岡方面へと走り去る。
白い煙を空にかすかに残しながら、走行音がだんだんと小さくなる。
丸くて赤い大きな二つの「後部標識」を付けた最後尾の客車が遠ざかり、やがて視界か

ら消えていった。

「ああ、ステキ！」

やっと、未来がファインダーから顔を上げた。

その満面の笑顔を見れば、大満足だったことがわかる。

「やっぱり、列車は走っている姿を撮らないとねっ！」

「私、感動しちゃった！　一所懸命カメラをのぞいている未来ちゃんにも！」

七海ちゃんの目がウルウルしている。大樹が続ける。

「本当に、いいものを見せてもらいました。まるで映画のワンシーンのようでした」

「ベストショットをねらう未来の気持ちがわかったよ。ここに連れてきてくれてありがとう！」

僕もそう言って、うなずく。

未来は照れたように笑って、ぺこっと頭を下げた。

「みんな、ありがとう。わかってくれて、すごくうれしい。きっといい写真も撮れてると思うよ！」

そして未来はぎゅっと拳を握り、空に突き上げた。

「よしっ！　じゃあ、次は、あのＳＬもおかにみんなで乗ろう～!!」

『おーーっ！』

僕らは元気よく手を挙げて応えた。

真岡鐵道のすごい駅

撮影を終えた僕らは寺内に戻らず、線路沿いに真岡駅を目指して歩いた。

僕らがいた撮影ポイントは、寺内と真岡のちょうど中間くらいだったからだ。

「うふ、うふふふ」

七海ちゃんは、くるんくるん日傘を回しながら、ふくみ笑いをしてご機嫌だ。

「どうしたの、七海ちゃん」

「だって、未来ちゃんがふみお君と会う時間が近づいていると思うと、なんだかわくわくしちゃって……ああ、どんな人なんだろう」

また日傘がくるんと回った。

その時、ずっと前をがしがし歩いていた未来が振り向いて、僕らに声をかけた。

「七海ちゃん、雄太！　早く！　真岡駅を見たら、きっとびっくりするから」

未来の本当の心の中はわからないけれど、とりあえず今は真岡駅のことで頭がいっぱいな感じ。

それもそのはず。これを見たら誰だってびっくりする。

日本中にはたくさんの駅があるけど、こんなすごい駅はここにしかない。

「あれが真岡駅ですね！」

「えっ!?　まるで巨大なSLみたい！」

住宅地の先に、駅舎がちらりと見えると、大樹と七海ちゃんがわっと声をあげた。

そうなんだ。駅舎が巨大な蒸気機関車の形をしているんだよっ！

未来は早速カメラを構えている。

「あっ！　隣にも、もう一台あるよ!!」

七海ちゃんが、真岡駅の右の建物を指差す。

「あれは、SLキューロク館だよ」

これは併設されている鉄道博物館なんだけど、なんとこの建物も蒸気機関車の形をして

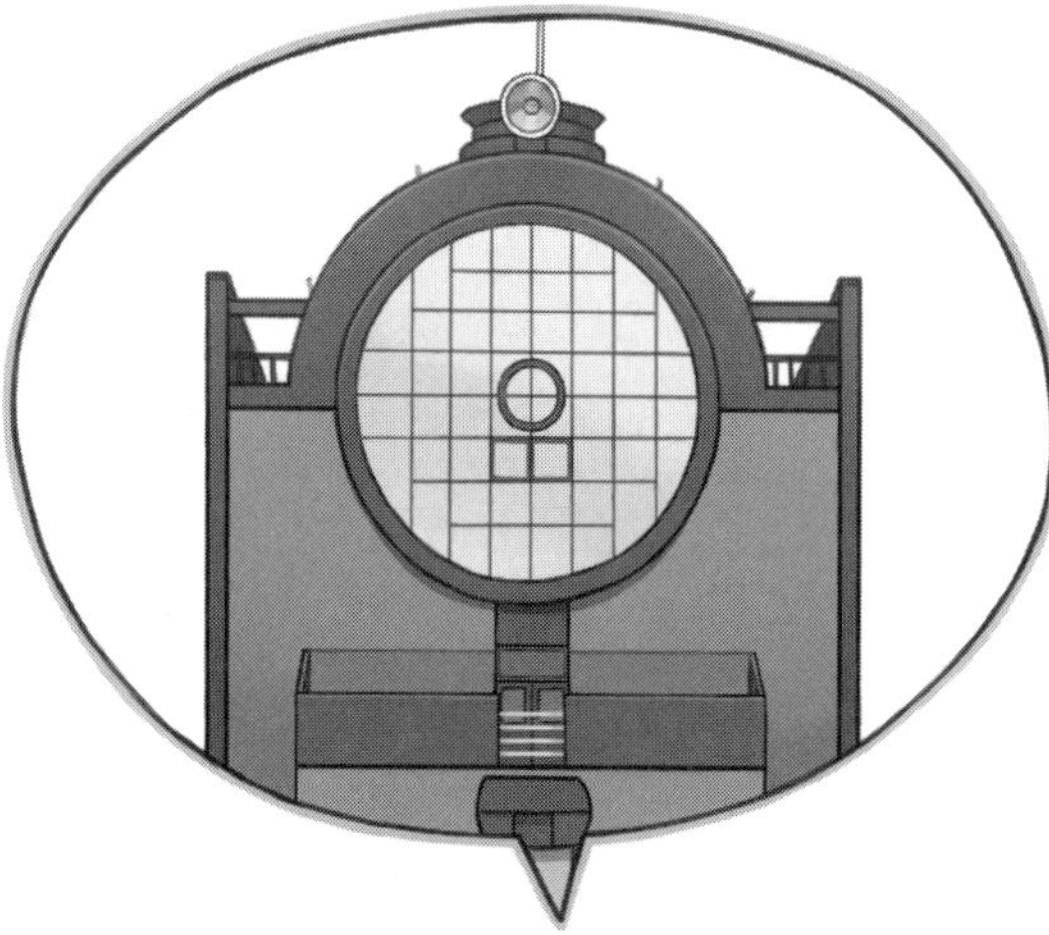

いるんだ。

だから、まるで巨大な蒸気機関車が二台並んでいるみたいに見える。

ここには、さっき見たＣ１１より大きな、９６００形やＤ５１といった蒸気機関車をはじめ、キハ２０形ディーゼルカーやたくさんの貨車が展示されていて、無料で見学することができるんだ。

僕らはまず、駅の手前にあるＳＬキューロク館に直行！

建物の下の部分がガレージのようになっていて、中に９６００形が見える。そこから、僕らがいる駐車場にある車掌車に向かって、レールが引かれていた。

「もしかして、あのＳＬ、ここまで動くのかな？」

「七海さん、するどいですね！　一日に何回か、動かしてくれるそうですよ」

大樹が手帳を見て答える。

ちょうどその時、「12時に蒸気機関車を動かしますよー」という案内が聞こえた。

レールのそばでわくわくしながら待っていると、９６００形蒸気機関車がゆっくりとＳＬキューロク館から出てきた。

あれ？　大きな機関車なのに、さっきよりも静かだぞ。

僕が不思議に思っていると、大樹が耳元でささやいた。

「９６００形は石炭を燃やして作った蒸気で動かしているんじゃなくて、コンプレッサーで作った空気で動かしているらしいぞ」

なるほど。よく見ると、本来だったら石炭を積む運転台後ろの炭水車に、工事現場で見かけるような圧縮空気をたくさん作るコンプレッサーが積まれていた。

それに、ボイラーに石炭を投げこんでいる人もいない。

９６００形蒸気機関車は、ゆっくり進んで先頭に車掌車を連結。こんな近くで連結をちやんと見られることも少ないから、僕ら四人は目をしっかり開いてじっと連結器の動きを見つめた。

ちなみに、三〇〇円でこの車掌車にも乗れるよ。

その後、９６００形は車掌車を連結したまま、五〇メートルくらいの線路を往復してから車掌車を切り離し、再びＳＬキューロク館の中に戻った。

館内の展示スペースでは、９６００形の運転台に乗ることができる。

ほかにスハフ４４形客車（２５号機）っていう、とっても昔の青い客車もあった。

どこを見てもなにを見てもおもしろくって、あっという間に時間が過ぎていく。

ＳＬキューロク館を満喫してから僕らは、真岡駅に移動。

真岡駅もすごい。駅の入口が動輪の形になっていたりする。

細かいところまで、蒸気機関車そのまんまのデザインなんだ。

大樹は手帳にさっとスケッチ。未来はもちろん写真を撮りまくりだ。

真岡駅を楽しんだ僕らは、駅の中を通って反対側の西口に出て、一軒の餃子屋さんでお昼を食べることにした。

真岡駅

理由は、未来が「栃木県っていったら『宇都宮餃子』でしょっ！」って言ったから。

それが大正解！

皮はパリッ、中からは肉汁がジュワ。すごくおいしい餃子で大満足！

お昼を食べてから、いよいよ今回最大の目的である、ふみお君に会うために茂木へ向かうことになった。

例によって、七海ちゃんはスキップしそうな勢いだ。

なんだか僕もちょっと緊張してしまう。

真岡に13時24分に到着した普通列車に、僕らは乗りこんだ。

「あれ〜、さっきと車内が全然違うよぉ〜」

最初に中に入った七海ちゃんが不思議そうにつぶやいた。

確かに。外から見た感じは、下館から乗ったモオカ14形とまったく同じなのに、今回乗りこんだ車両はセミクロスシートではなく、進行方向に対して横に並ぶロングシート。それも車体の壁ぞいに二十人分以上の席が並んだ、超ロングシートだ。

「製造番号によって、車内のレイアウトが違うようですね」

大樹はうなずきながら、手帳にスラスラと書きこむ。

「本当にローーーーングシートだねっ！」

七海ちゃんはグーンと大きく手を広げた。

「普段僕らが乗っている電車は片側にだいたい四つずつ扉がありますからね」

グリーンのシートをなでて、大樹は感触を確かめながら歩く。

「扉が少ないと、シートって長くなるの？」

「ええ。ロングシートは、車両の壁に沿って設置されますからね。扉が少なければ、それだけ一つのシートが長く作れるんですよ」

モオカ14形は、車両の前後に一枚ずつしか扉がない。

それで、車内のほとんどの壁にシートを並べることができちゃったんだ。

僕は不意に、昔の横浜線を思い出した。小さかった頃よく乗った車両のことだ。

「今はなくなっちゃったけど、横浜線が205系って車両だった時は、東神奈川側から二両目に『6ドア』って車両があったんだ」

「ろっ、六枚も扉があったの!?」

七海ちゃんはふわぁと口を開いた。

「うん。六枚！　あんまりにも扉が多すぎて、車両の両側に折り畳み式の三人がけベンチみたいなのが十個しかなかったんだよ」

「っていうことは……一両で三十人しか座れないんだ！」

「だから、その車両に当たった時は、ちょっとしたイス取りゲームだったんだよねぇ」

僕は肩を軽くすくめた。

四人で並んで座れる場所を見つけ、前から大樹、僕、未来、七海ちゃんの順で座った。

約三分間停車した普通列車は、13時27分に真岡駅を発車。

ブルルン……ゴゴゴゴゴ……。

大きなディーゼル音が車内に響き、車体がキコキコときしみはじめる。

列車は北真岡、西田井、北山、益子と停車しながら進む。

真岡鐵道には小さな駅が多いんだけど、益子は少し違っていた。

黒い屋根の駅舎の前と後ろに、三角屋根を持つ同じ形の高いタワーがある。一つには階段が付いていて展望台に、もう一つは時計台になっているんだって。

そして、右に見える改札口の向こうには、すごいものが置いてあった。

「なんだありゃ――!!」

僕が声をあげると、未来はそっちへカメラを向ける。

「うわぁ〜大きいつぼ〜」

「益子は焼き物の町として、全国的にとても有名ですからね」

「焼き物？」

ポカーンとしている未来に向かって大樹は、ごはんを食べるしぐさをしてみせる。

「お茶碗とかお皿とかですよ。ここ『益子』は愛知の『瀬戸』、佐賀の『有田』と並ぶ、焼き物の名産地だそうです」

僕もそれには「へぇ〜」って感心しちゃう。

益子を出ると、人家はかなり少なくなった。

やがて、森が線路近くまで迫ってきたと思いきや、列車は大きな丘の左側に回りこむようにして、時計回りに右に大きなカーブを描いて進んでいく。

終点の一つ前、天矢場を出ると辺りはすっかり山の中という雰囲気。

右にも左にも山が迫ってきて、線路はわずかに残った谷間のような部分を右に左にカーブしながら進みはじめた。

斜面にへばりつくように線路が走っているさまは、まるでアルペンルートへ向かう登山鉄道みたい。

そんな谷のような場所を抜けた時、未来が正面をビシッと指差した！

「あっ！　SLもおか！」

『本当だ！』

僕らは立ち上がって正面の窓へ走った。

茂木駅の少し手前で線路は左右に分かれていて、僕らの乗った列車はホームのある右側へと入っていく。

そして左側の線路の分岐点からすぐぐらいの位置に、SLもおかが停車していたんだ。

やっぱり蒸気機関車は特別！

何度見てもみんな「うわっ」って盛りあがっちゃう。

僕らに正面を向けた機関車の煙突からは、白い煙がまっすぐに上っている。

未来はさっき最高のロケーションで、あんなに撮ったのに、またカメラを左の窓に向けてシャッターを切った。

SLもおかを通り過ぎて、列車はホームへさしかかる。

「あれ〜？」

カメラのファインダーから目を離した未来は、不思議そうに首を横に傾けた。

「どうしたんです？　未来さん」

「さっき、茂木に向かうSLもおかを撮影した時は、蒸気機関車が先頭だったでしょ？　だったら、茂木じゃ一番奥にC11がいるはずじゃない？」

未来は右手を機関車に見立て

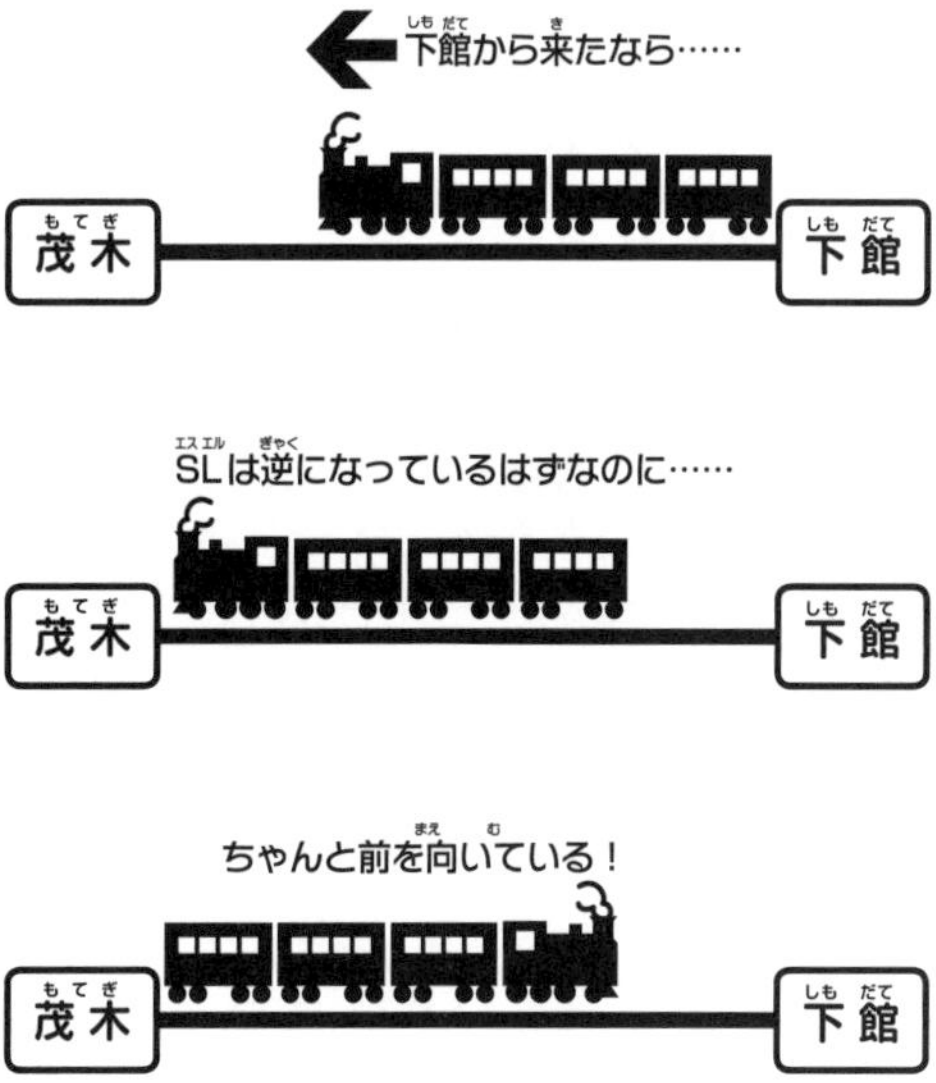

下館から来たなら……
茂木
下館

SLは逆になっているはずなのに……
茂木
下館

ちゃんと前を向いている！
茂木
下館

て説明する。

「そうよねぇ〜。蒸気機関車は両端が同じ形の電車と違うんだもんねぇ」

七海ちゃんも頭に「？」マークを浮かべる。

「茂木には転車台があるんだよ」

『転車台〜？』

「そう。ほら、あそこ」

ちょうど列車が停止したところで、僕は左の窓をトントンとたたいた。

左側の線路には、直径二〇メートルくらいの円形に掘り下げられた場所があり、真ん中には一両だけが乗れる長さの、柵の付いた茶色の鉄道橋のようなものがある。

橋の中央には、アーチのような鉄骨と黄色のランプがついていた。

「あの橋のような部分が三六〇度、右にも左にも回るようになっているんだ」

「へぇ〜あれが転車台って言うんだぁ〜」

七海ちゃんと未来は、窓にピタリと張りついた。

「そういえば……大分で『ゆふいんの森』に乗った時に見た、あれと同じもの？」（くわ

しくは、『電車で行こう！　乗客が消えた!?　南国トレインミステリー』を見てね）

「そう！　旧豊後森機関庫にあったのと、仕組みは一緒だよ。あそこに蒸気機関車を載せてクルリと一八〇度回転させて、進行方向を変えるんだ」

茂木駅の構内の線路は葉っぱのような形になっていて、さきほど左右に分かれた線路は奥のほうで再び合流していた。

「左の線路に入って転車台で進行方向を変更したC11は、バックで駅の奥へ進み、こちらの線路を通って下館側の客車の先頭へ連結されるわけですね」

大樹が両手を使って説明してくれた。

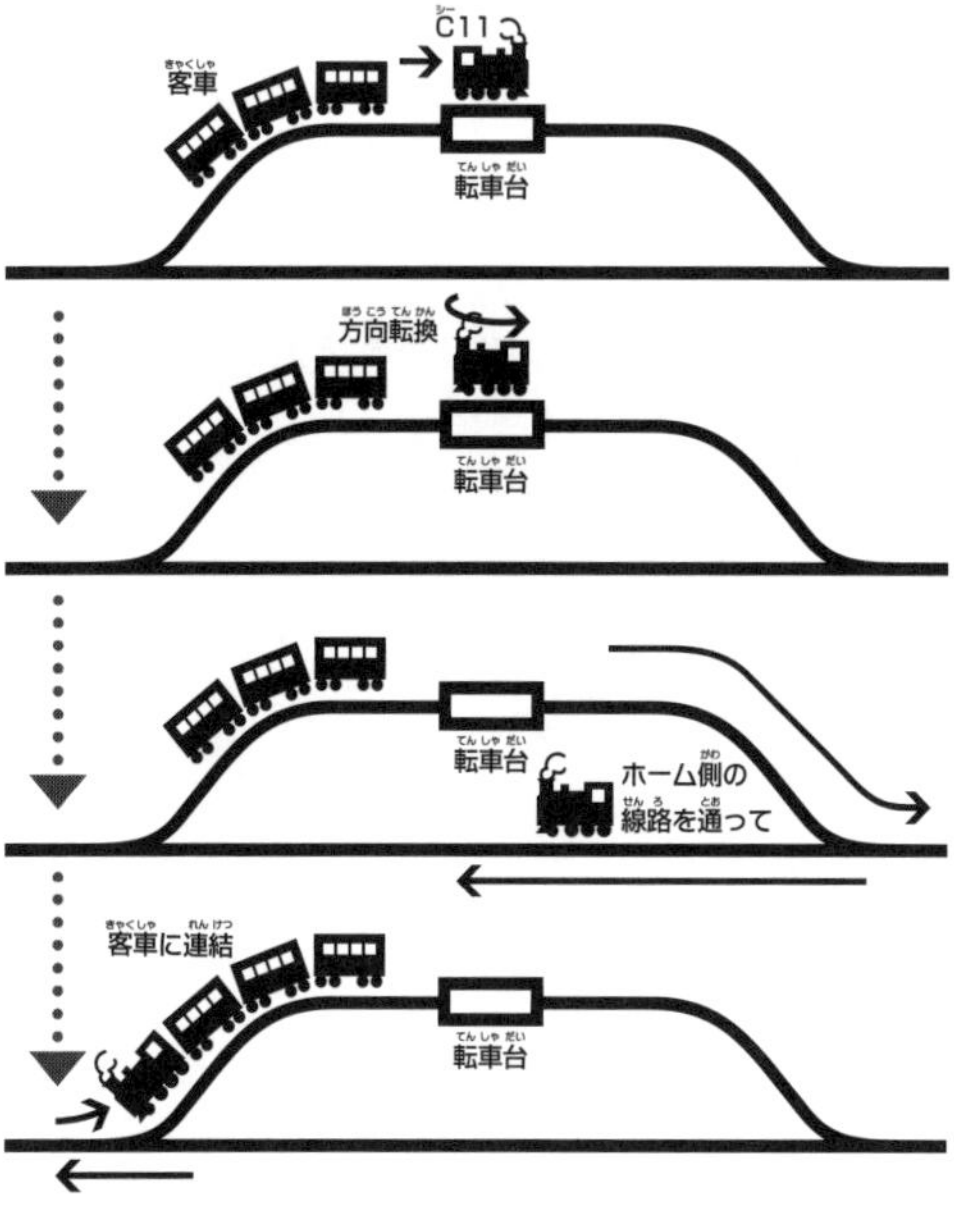

『なるほど～』

七海ちゃんと未来はフンフンと首を縦に振った。

そこで右側の扉が開いたので、僕らはホームに降りる。

入れ替わるように、下館へ向かうお客さんがこのモオカ14形へ乗っていく。

ケータイで時刻をチェックすると14時5分だった。

僕はきっぷを出しながらみんなに言う。

「常総線・真岡鐵道線共通一日自由きっぷの有効区間は『益子』までだから、ここまでの追加料金を払わなくちゃダメだよ」

『は～い！』

きっぷを持った右手を高く挙げて、みんなが返事した。

茂木は、有人改札。

改札口にはラッチと呼ばれる駅員さんが入るブースが一つあり、お客さんのきっぷを両手で次々に回収している。

「小学生のお客さまは、一人二八〇円になります」

僕らは列に並んで不足分を支払い、改札を出た。

茂木駅は、白い壁、黒い屋根を持つ二階建ての立派な駅舎。木がたくさん使われている、とてもやさしい雰囲気の待合室を抜け、駅舎から外へ出ると大きな広場があった。

上りのＳＬもおかの発車まで、あと二十分くらい。

だから、駅の待合室にも駅前広場にもお客さんがたくさん待っていた。

みんなホームから蒸気機関車や転車台をカメラで撮ったり、きっぷ売り場で売られている真岡鐵道グッズを買ったりしていた。

けれど、七海ちゃんは、もうなにも目に入ってないみたい。

改札を出たとたん、胸の前に手を合わせて、キョロキョロそわそわしはじめたのだ。

「もう絶対にこの中にいるよね!?　フィアンセのふみお君！」

「そっ、そうだと思うけど……」

未来も背伸びして周囲を見まわす。

「未来ちゃん！　心の準備は大丈夫？　突然、声をかけられちゃうかもしれないんだから

ね！」

なぜか自分のことのように、七海ちゃんの鼻息は荒い。

「う、うん……でも、会ってもお互いにわからなかったらどうしよう……」

「大丈夫。未来はたぶん、そんなに変わってないってぇ〜」

笑いながら言った僕を、未来は腰に両手を当てて、むっとした顔でにらんだ。

「雄太、それ、どういう意味よっ」

「どういう意味って言われても……」

僕がタジタジとなっていると、大樹がさらりと言う。

「未来さんは昔から美人ってことですよ」

「あっ、ありがとう……。でも、やっぱり心配だな……」

未来は顔を真っ赤にして照れたかと思うと、また真剣な表情になった。

SLもおかに乗って

14時11分になると、僕らの乗ってきたモオカ14形は、たくさんのお客さんを乗せて出発していった。

駅に残った人は、ほとんどがSLもおかに乗る人だけということになる。でもふみお君らしい人は見あたらないし、未来に声をかける人もいなかった。

どうしたんだろう？

まさか!?　未来が美人になりすぎていて気がつかないとか？

その時、未来が小さくため息をついたのがわかった。

だったら――

「ねえ、未来。蒸気機関車の入線をホームで見ない？」

「蒸気機関車の入線？」

未来が瞬きをくり返す。それから、こくりとうなずいた。

「行こう！」

「いいの？　未来ちゃん」

心配そうに七海ちゃんがたずねる。

「だって、今、いないってことは……。それなら、蒸気機関車の入線が見たいな」

未来はニコッと笑うと、七海ちゃんと歩きだした。

自動券売機で益子までのきっぷを買う。さっきと同じ二八〇円だ。

改札口を通り抜けた僕らはホームへ入り、左の端のほうへ向かって歩いた。

フォオオオオオオオオオッ！

C11が警笛を鳴らす。

運転台の前にある煙突から、大量の白い煙が空へ向かって吹き上げられた。

車体前方の下のほうにあるピストンからは、大量のスチームがブシュユと出ている。

僕と大樹は、ホームの端から四〇メートルぐらい向こうに停車しているC11を見つめた。

「やっぱりいいなぁ～。蒸気機関車の警笛って！」

「スチームで鳴らしているから、楽器のようだな」

蒸気機関車独特の下から突き上げてくるような警笛音は、動力に使用しているスチームをホイッスルのような管に通すことによって鳴るんだ。

「だから、警笛だけでもあんなに白い蒸気が出るんだよね」

横に立つ大樹は遠くを見るような目になった。

「僕は、蒸気機関車の警笛を聞くと『SLやまぐち号』を思い出すよ」

山口県の山口線を走るSLやまぐち号に、僕らは一度乗ったことがある。

大樹に鉄道の楽しさを教えてくれた、秋山さんっていう人に会いにいくために『青春18きっぷ』で山口県まで行った時のことだ。警笛の中に、秋山さんの懐しい笑顔を思い浮かべているのかもしれないね。

「あ、動きはじめた！」

未来が、さっとカメラを構える。

蒸気機関車がゆっくりと動きだした。

ガシャン……ガシャン……ガシャン……。

各車両の間にある、連結器同士が当たる金属音が聞こえる。

雲のような白い煙を吐きながら、ゆっくりと前進したC11と三両の客車は、ポイントを越えたところで一旦停車。

ポイントがこちらの線路へ切り替わると、また警笛を一度鳴らしてからバックを始める。

ピピィイイイイイイイイ！

プラットホームに、駅員さんの吹くホイッスルの音が響いた。

これは「入線してくるから、あぶないですよ」って合図。

みんな黄色い線の内側へと入って静かに待つ。

「こういうのを撮るチャンスって、あまりないよねっ！」

未来は次々にシャッターを切る。

僕らの前を茶色の客車が静かに通り過ぎていく。

1号車、2号車、3号車。

プシュユユユユユユ……。

最後にC11がバックでやってきて、白い煙をもうもうと上げながら目の前に停車した。

停車した機関車の先頭で記念撮影をしようと、たくさんのお客さんが寄ってくる。

運転台には、機関士さんが一人で乗っていて、後ろを見ながら、たくさんのレバーを操って器用に蒸気機関車を運転していた。

停車すると、後ろからスコップで石炭を取り出して、前にあるボイラーのフタを開く。

その瞬間、ゴオッとオレンジの炎が噴き出して、赤々と燃えるボイラー内が見えた。

機関士さんはその中にスコップにすくった石炭を勢いよく入れる。グッと、手が中へ入りそうなくらいの勢いで放りこむのだ。

シュー──、シュー──、シュー──、シュー──。

停車中の機関車からは、一定の間隔で蒸気の吹き出す音がずっと聞こえていた。

「なんだろう……これ。こんな季節に雪ってこともないだろうし……」

大樹は腕に降ってきた白いものを手に受けとめ、じっと見つめた。

「きっと、灰だよ」

僕は大樹に言った。

「灰？」

「蒸気機関車って煙突から煙を出す時に、一緒にボイラーの燃えかすの灰も出すからね。機関車の種類でも変わるんだけど、Ｃ１１だと、こんなきれいな灰が降るんだね」

「……これが蒸気機関車の石炭の灰なんだ……」

大樹は両手を広げて、空からヒラヒラと降ってくる灰を見上げた。

僕らもそれぞれのケータイやカメラを出して、素早く記念撮影をする。

何枚か機関車の撮影を終えた未来は、不思議そうにたずねた。

「ＳＬもおかって、あっちへ向かって走りだすんだよね？」

未来はＣ１１の先に続く、下館方面の線路を指差した。

僕は「おかしなことを言うなぁ」って思いながら未来を見た。

「あたりまえじゃん。わざわざあの転車台を使って前後を入れ換えたんだよ？　蒸気機関車のあるほうを先頭にして走っていくに決まってるよ」

「そうだよねぇ〜。そうに決まってるよねぇ〜」

だけど、未来は完全には納得していないようだった。

腕を組み、うなりながらしきりに首をひねっている。

「未来さん、なにか気になることでもあるんですか？」

僕と大樹と七海ちゃんが注目すると、未来は一瞬口をつぐんで、それから顔を上げた。

「うん。一つ気になることがあって……」

「なんですか？」

未来は僕らの顔を見まわした。

「わっ、笑わない？」

「たぶんね。どうしたの？」

未来は視線を落としながら、自信なさそうに話した。

「あのね……。三年前は、機関車が逆に走っていたと思うの……」

『機関車が逆～!?』

僕と大樹は、びっくりして思わず聞き返す。

「あの日のことをずっと思い返していたんだけど……ふみお君と乗った時は、蒸気機関車

C11 325

が一番後ろから押していたような気がしてきて……」

一瞬の沈黙のあと、僕はお腹の底からわき上がるものにたえられなくなった。

「あっははは！」

「ちっ、ちょっと、雄太！　わっ、笑わないでって言ったでしょ！」

未来が口をとがらせて怒る。

「ゴメン、ゴメン。あ～おかしかった～」

「ダメだぞっ、雄太君。約束したのに笑っちゃ」

なにがおかしいのかわからないらしく、七海ちゃんは真面目な顔で腰に手を当てた。

「だって、蒸気機関車が『客車を後ろから押していた』なんて未来が言うんだもん」

「そういうことってないの？」

未来は、真顔で聞いてくる。

「蒸気機関車がたくさん走っていた昔なら、そういうことはあったんだ。けど、今は転車台のある駅へ蒸気機関車を走らせることが多いから、ちょっと考えられないよ」

大樹はケータイを取り出して「真岡鐵道」「SL」で画像検索する。

「雄太の言うとおりだと思います。ほら未来さん。検索してみても蒸気機関車が後ろにある画像なんて出てきませんよ」

「……勘違いなのかなぁ？」

それでも未来は納得していない感じ。

「あっ！」

そこで七海ちゃんが、なにかに気づいたみたいだ。

「どうしたの七海ちゃん？」

「雄太君！　下館から寺内まで列車に乗っていた時、途中の折本って駅で見たＳＬもおかは、編成の一番後ろにＣ１１がいなかった!?」

「あ……確かに」

そういえば、そうだった。

「でも、あれは下館への回送列車だよ。だから、三年前の未来たちは乗れないよ」

「そっか……回送列車だったね」

それを聞いて、未来はまたう～んと考えこんだ。

「三年前のことは、あまり覚えてないんだろ？」

僕が聞くと、未来は力なくうなずく。

「うん……」

「だったら、なにか記憶違いをしているんだって」

「記憶違い？」

未来に向かって、僕は右手の人差し指を立てた。

「今みたいにバックで茂木駅に入ってきた時のこととかさ……」

「……それはあるかも。三年前もたぶんホームに早めに入って蒸気機関車が入ってくるのを見ていたはずだし……」

僕は、ちょっとしょげている未来の肩をポンとたたいた。

「まぁ、いいじゃん。ふみお君は、きっとこの列車に乗っているんだから、三年前に蒸気機関車がどっちに付いていたかなんてハッキリしなくてもさ」

立ち直りの早い未来は、クンと顔を上げた。

「それもそうねっ！」

「そうそう！」

そんな話をしていると、出発時間が迫ってきた。駅員さんが、

「SLもおかにお乗りのみなさんは、車内にお入りくださーい！」

と、ホームを歩きながら大声で案内してくれる。

僕らは顔を見あわせた。

「じゃあ、そろそろ乗ろうか」

客車には、車両の前と後ろの二か所にしか扉がない。

「先頭の3号車から乗りこみましょう。3号車から探していけば、すべての車両を見るのも簡単ですからね」

「わかった〜!!　行こう、未来ちゃん、フィアンセのところへ！」

「ちょ、ちょっと七海ちゃん!?　だから、そういう言い方、やめてってば〜」

C11に続く3号車の前扉から、七海ちゃんに手を引かれた未来は顔を真っ赤にしながらついていった。

僕と大樹もその後ろに続いたが、男子二人の興味はまったく別なところにある。

「これ……本物の50系客車だよっ！」

「感激だな！」

大樹は車体をスリスリとさわりながら中へ入っていく。

「この三両の客車は、SLもおかの運転開始時にJR東日本からもらったものらしい。この季節には使われていないが、蒸気機関車のスチームを利用した『蒸気暖房』を今でもちゃんと運用しているそうだ」

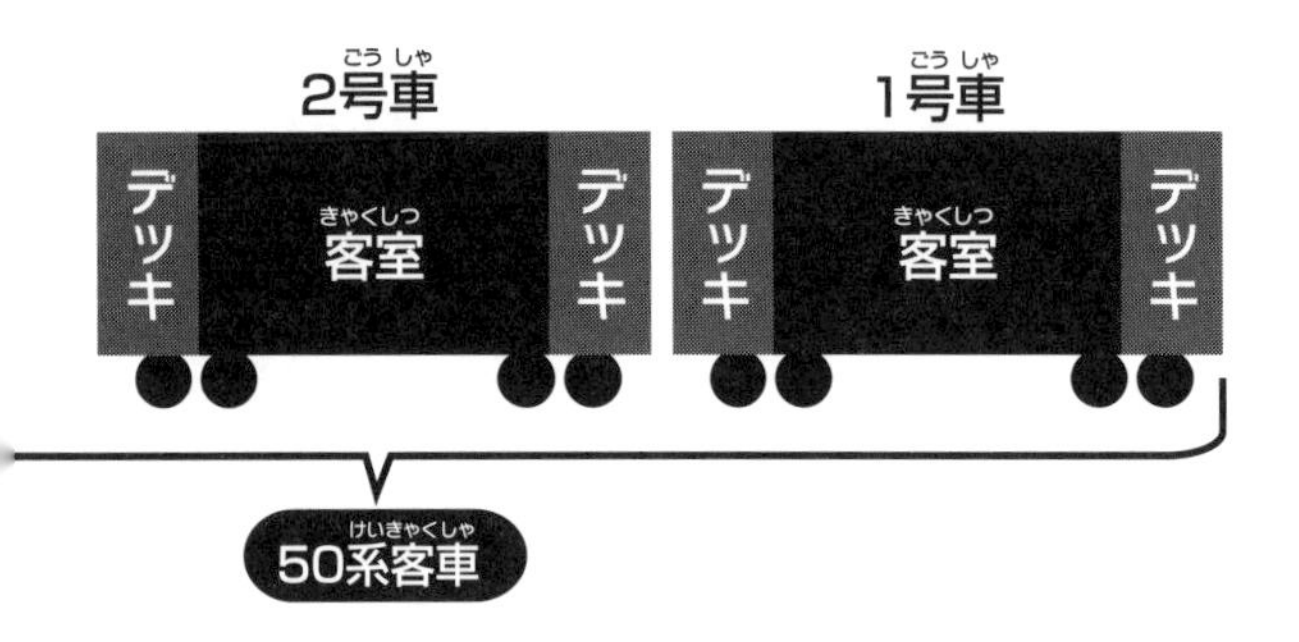

「へぇ〜そうなんだぁ」

今は夏だから暖房は使われていないけど、そんなことを聞くと「冬にも乗ってみたい」って思う。

「ボイラーもぴかぴかに磨き上げられていたよね」

「ちゃんと整備してくれる人がいるからこそ、こうして現役で、SLが走っている。鉄道マンのその心意気にも感動するよな」

僕と大樹は目を見つめあい、うんとうなずいた。

シュ！　シュ！　シュ！　シュ！　シュ……。

デッキに立つと、すぐ横にある蒸気機関車の音が聞こえた。

「出発時間となりました。ドアが閉まりますのでご注意ください」

天井のスピーカーから案内が響き、ガラガラと扉が閉じられた。

上りのSLもおか
車両編成
雄太たちの現在地
3号車
デッキ
客室
デッキ

フォオオオオオ〜!!　ウオオオオオオオオオオオオオオオオオオオオオオオッ〜!!


出発をしらせるC11の警笛は、地面から突き上げるかのようだった。

その音は、青い空へ力強く立ち上っていく。

男子二人は耳に手を当てて、お腹の奥にまで響く警笛をじっくり味わった。

「いいなっ、蒸気機関車の警笛って……」

「ああ、まるで動物の鳴き声みたいだ。走る喜びが伝わってくるよな」

ガシャンガシャンと音を立てながら、SLもおかは走りだした。

駅を出ると、大樹は右側の窓に目を向けた。

「みんな、この列車を撮っているんだ……」

線路沿いのあちらこちらに三脚が置かれ、たくさんの人が僕らの乗ったSLもおかを撮影していた。

「やっぱり蒸気機関車は大人気だねっ」

僕は、うんと納得してうなずいた。

未来と七海ちゃんも同じように盛りあがっているかなと思って振り返る。

あっ、あれ？

二人は真剣な顔で、向かいあっていた。

「未来ちゃん、覚悟はいい？　これから車内で『運命の再会』よ〜!!」

七海ちゃんの目は、いつも以上にキラキラしている。

そんなふうに言われて、未来もますます緊張してきたみたい。

ブラウスのすそをチョンチョンと引っ張り、何度も髪に手を通して整える。

「そっ、そうね……この三両のどこかに乗っているんだよね……」

唾をゴクリと飲み、未来は背筋を伸ばした。

うっ、運命の再会……、フィアンセかぁ……。

「客車は三両だけなんだから、すぐに見つかると思うよ……」

僕がそう言うと、未来はすぅと大きく深呼吸した。

「ふっ、ふみお君も……。たぶん、私のことを探してくれているはずだもんね」

「きっとそうですよ」

大樹は微笑んだ。

「うっ、うん」

余裕がなくなってきたのか、未来は口をまっすぐに引き結んだ。

「大丈夫、大丈夫！　未来ちゃんは美人なんだから、笑顔、笑顔だよっ！」

七海ちゃんはニッと口を横に大きく開いて、ニッコリ顔を作る。

「えっ、笑顔……笑顔ね……アッハハハ……」

未来は口の両端を無理やり上へと引き上げた。

顔がこわばってる！　だっ、大丈夫？

未来のめずらしい姿に、僕はちょっと心配になってきた。

得意のサッカーの試合なんかだったらきっと緊張しないんだろうけど、未来はこういうことがすごく苦手みたいだ。

7 運命の再会!?

真岡鐵道では、基本的に各駅停車しか走っていない。

その中でSLもおかは、快速運転をするめずらしい列車で、途中の天矢場と笹原田は通過して、次の停車駅、市塙を目指して走っていく。

「ふみお君は、未来さんと同じ年なんですよね？」

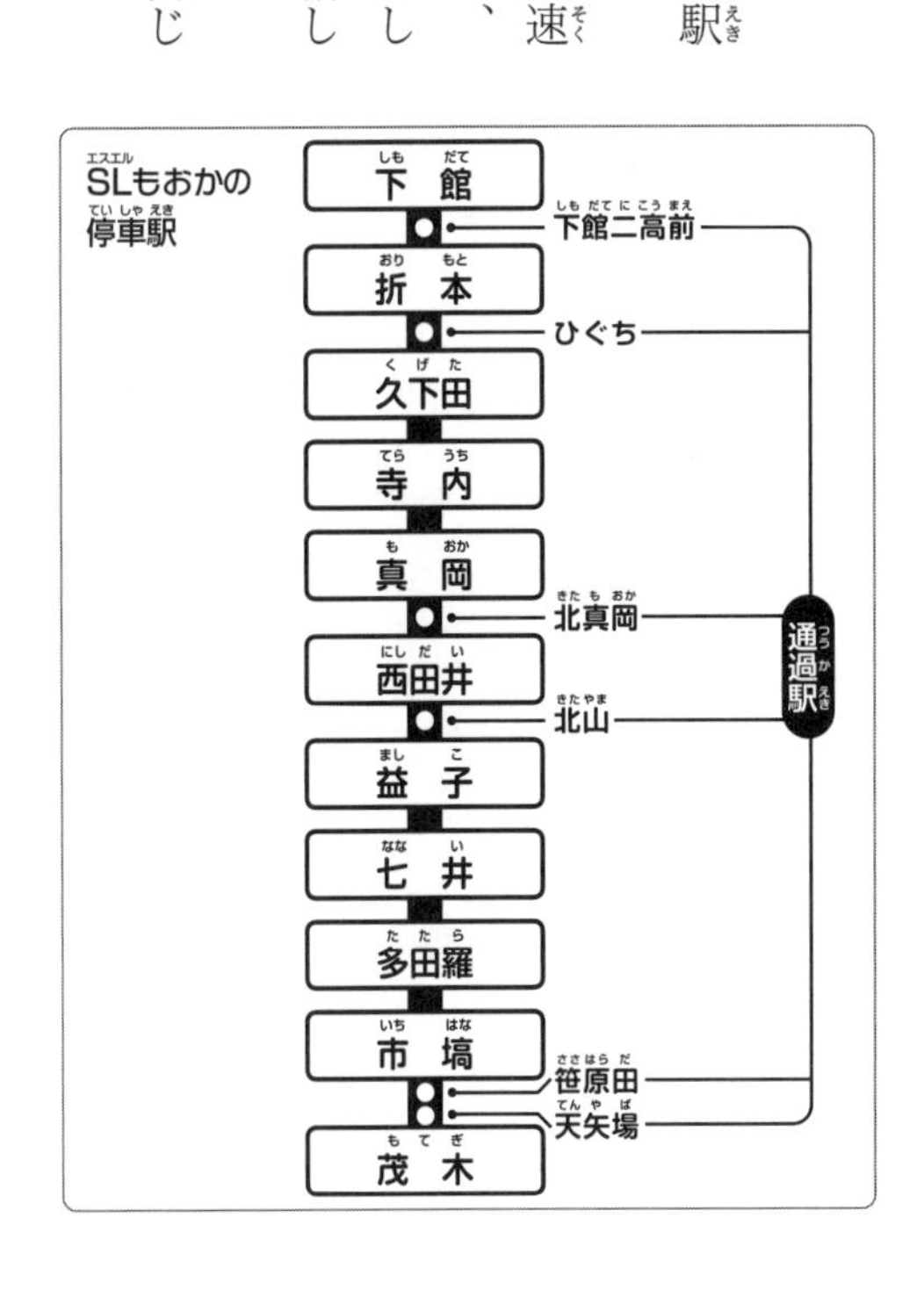

「たっ、たぶん、そう。同じ年の男の子」

「では、小学五年生ぐらいの男子が乗っていないか探しましょう」

目をパチクリさせながら、未来は大樹を見る。

「そっ、それで……その……ふみお君らしい子がいたらどうするの？」

緊張しすぎて未来は、わけがわからなくなっている。

「どうすればって、未来ちゃん、なにを言ってるの？　そんなの決まっているじゃない」

「決まってるって？」

「声をかければいいじゃん」

「えっ!?　わっ、私が!?」

「そうよ。気がついたほうから声をかけるのが自然でしょ」

「う、うん」

「未来ちゃん、大丈夫だって〜。ふみお君は未来ちゃんに会うために、今日はSLもおかに乗っているのよ。目を合わせれば『あっ、未来ちゃん！』ってなるわよぉ〜」

「そっ、それもそうね……」

心を落ち着かせようと、未来は胸に手を置いて、大きく呼吸を繰り返した。

それから目をキュッと閉じて、僕らの前に向けてすっと手を伸ばした。

「お願い。私に、力を貸して！」

僕と大樹と七海ちゃんは、ふっと微笑んだ。

「どうしたんだよ、未来」

「大丈夫ですよ、未来さん。勇気を出しましょう」

「気楽にいこう〜!!　未来ちゃん」

僕らは未来の手の上に、右手を重ねる。

顔を見あわせた僕らは、下へ向かってグッと力を入れた。


『ミッション　スターート!!』


それから僕は客室の扉の右へ、大樹は左に立って扉に手をかけた。

『よいしょ！』

大きなガラスの入っている扉を僕と大樹が両側へガラッと開く。

「行くぞ！」

気合いを入れるように両手で頬をたたいて、未来は力強く右足を3号車のデッキからフロアへと踏み入れる。

「うわぁ〜！　とってもいい雰囲気〜」

未来に続いて中へ入った七海ちゃんは、両手を胸の前で合わせた。

そこには緑のシートが、ズラリと並んでいて、僕らがいつも乗る車両とは違って、とってもレトロでなつかしい感じのする車両だった。

50系客車は、デッキ横をのぞいたすべてが、二人ずつ向かいあわせで計四人が座れるボックスシートになっている。

シートの表面はモケットと呼ばれる短い毛の生地でできていて、背もたれはほぼ垂直。

そんなシートの上には、針金で編まれた網棚がある。

車内には、思った以上にたくさんのお客さんが乗っていた。

「ちょっと暑くない？」

未来は、右手を自分に向けてパタパタとあおぐ。

「夏の電車って、車内に入ったらひんやりするものなのにね」

七海ちゃんの顔にも、うっすら汗が浮いている。

僕はそんな二人に向かって言う。

「50系客車にはエアコンがないからね」

「え―――っ!?　エアコンないの―――!?」

七海ちゃんの目が丸くなった。

「僕らの近くの鉄道会社じゃエアコンがあるのがあたりまえだけど、ローカル線に行くとまだまだエアコンがない車両が走っているよ」

「じゃあ、暑い時はどうするの～？」

「そんな時には、あれだよ」

ニコリと笑って、僕は天井を指差した。

天井は逆U字形のなめらかなラインで、ボックスシートのほぼ真上の部分には二組の蛍光灯が付けられている。

両サイドの蛍光灯と蛍光灯の間には、真岡鐵道のステッカーの貼られたグレーの扇風機が備えられていて、グゥンと涼しげな音をたてていた。

「れっ、列車の中で扇風機なんだ!?」

扇風機がこっちへ向いた時は風が吹いて気持ちいいけど、あくまでも中の空気をかき混ぜているだけだから、エアコンみたいにグッと温度が下がることはない。

「僕は『昔の鉄道ってこうだったのかなぁ〜』って感じられるから、大好きだけどねっ！」

「僕もすごく好きです」

「そっか〜昔の車両はこういう雰囲気だったたってことかぁ。古い車両はちょっとしたタイムマシーンだねっ！」

七海ちゃんはウンウンとうなずきながら天井を見上げる。

その時、ガチャリと乗務員室の扉が開いて車掌さんが入ってきた。

紺色の制服に帽子、肩からは大きなガマ口のカバンをたすきがけにしている。

「すみません。きっぷを拝見します」

僕らは、遠藤さんに取ってもらったＳＬ整理券を取り出して見せた。

車掌さんは、四人のきっぷに赤い改札印を押してから、

「はい。これは『乗車記念証』です」

と、常総線・真岡鐵道線共通一日自由きっぷと同じ大きさの一枚のカードをくれた。

乗車記念証の表には、緑の中を黒煙を上げて疾走するC12の写真があった。

C12は、C11と同じく真岡鐵道で走っている蒸気機関車なんだ。

「うわぁ〜これはいい記念になるよなぁ〜!!」

僕は目をキラキラ輝かせて喜んだ。

車掌さんはペコリと頭を下げると、車内へと進んでいく。

ちなみにSL整理券には、今日の日付や乗車する列車名の下に、「1号車又は、2号車にご乗車ください」と書いてある。

これは指定席じゃないから、1号車か2号車の空いているシートだったらどこに座ってもいいってことなんだ。

だから、一つのボックスシートに四人全員が座っていることもあるし、場所によっては一人で座っているところもあった。

未来を先頭に、僕らはゆっくり歩いていく。

だけど、未来の動きは少し変。

向かい合わせの四人用ボックスシートだから、進行方向に向かって座っているお客さんの顔はすぐにチェックできるけど、向かい側の人の顔は見えない。

　だから、一ボックスシートごとにちょこちょこ振り返らなきゃいけなくて、変な動きになってしまうんだ。

　やがて3号車をチェックし終えた僕らは、端にある両開き扉を開いて、連結部前にあるデッキへ入った。

そのとたん未来は、

「ふぅぅぅぅぅぅ〜」

と、肺の空気をすべて出してしまいそうなくらい息を吐いた。

どうして、車内をチェックするだけなのに息を止めてるんだよ？

「……3号車にはふみお君いなかったの？」

僕に向かって首を横に振る未来は、ほんの少し落ちこんでいるように見えた。

「いなかった……」

「まぁ、あと二両あるよっ」

その時、未来が茂木の時みたいに、首をひねりながら、不思議そうにつぶやく。

「そっか……二両目と三両目があるんだ……」

僕は「なに言ってんの？」って感じで再び未来を見つめる。

「決まってるじゃん。SLもおかは上りも下りも、いつも蒸気機関車に三両の客車が連結されているからね」

「そうだよねぇ〜。でも……」

またも未来はあまり納得していないみたい。

「また、なにか昔のことを思い出したの？」

僕ら三人が注目すると、未来はふうと息を吐いた。

「もう、さっきみたいに笑わないでよ……」

「わっ、わかったよ」

そう言いながらも、さっきのことを少し思い出した僕は、また未来がおかしなことを言うんじゃないかと、もう笑いかけていた。

「あのね……、あのね……。客車は一両しかなかったと思うの……」

『客車が一両!?』

僕と大樹はびっくりして声をあげた。

そしてやっぱりこらえきれなくなって、僕は思わず吹き出してしまった。

「あっははは！」

「もう『笑わないで』って言ったのにっ」

「雄太君、そういうことは『ダメだぞ』って言ったでしょ！」

怒った未来と七海ちゃんに、「ゴメンゴメン」と謝った。

頬をブゥとふくらませる未来に、大樹はやさしくたずねる。

「ふみお君と乗った時は、客車が一両だけだったんですか？」

未来はううんと首を振る。

「客車は三両連結されていたと思うんだけど、確か、一両にしか乗れなかったような……」

「三両あるのに一両しか入れないなんて変ですね」

「そうなの、私もそう思うんだけど……、そんなふうに覚えてるの」

「ということは……ふみお君と乗った日は、きっと2号車、1号車は団体の貸し切りだったんだよ！」

これ以外に考えられない！　と思ったんだけど、未来は首をゆっくり左右に振る。

「う～ん。そうじゃないと思う」

「どうして？」

「だって、2号車と1号車には誰も乗っていなかったから……」

『誰も乗っていなかった!?』

今度は三人で声を合わせて驚く。

これはもう、笑っている場合じゃない。

「なんだよ、その『三両連結しているけど、3号車にしかお客さんは乗れず、2号車、1号車には誰も乗っていなかった』ってミステリーみたいな話は？」

「ふむぅ～。確かにミステリーですね」

大樹は腕を組んで考えこんだ。

「ミッ、ミステリー!?」

推理小説を読むのが大好きな七海ちゃんは、とたんに目をキラッキラさせて食いつく。

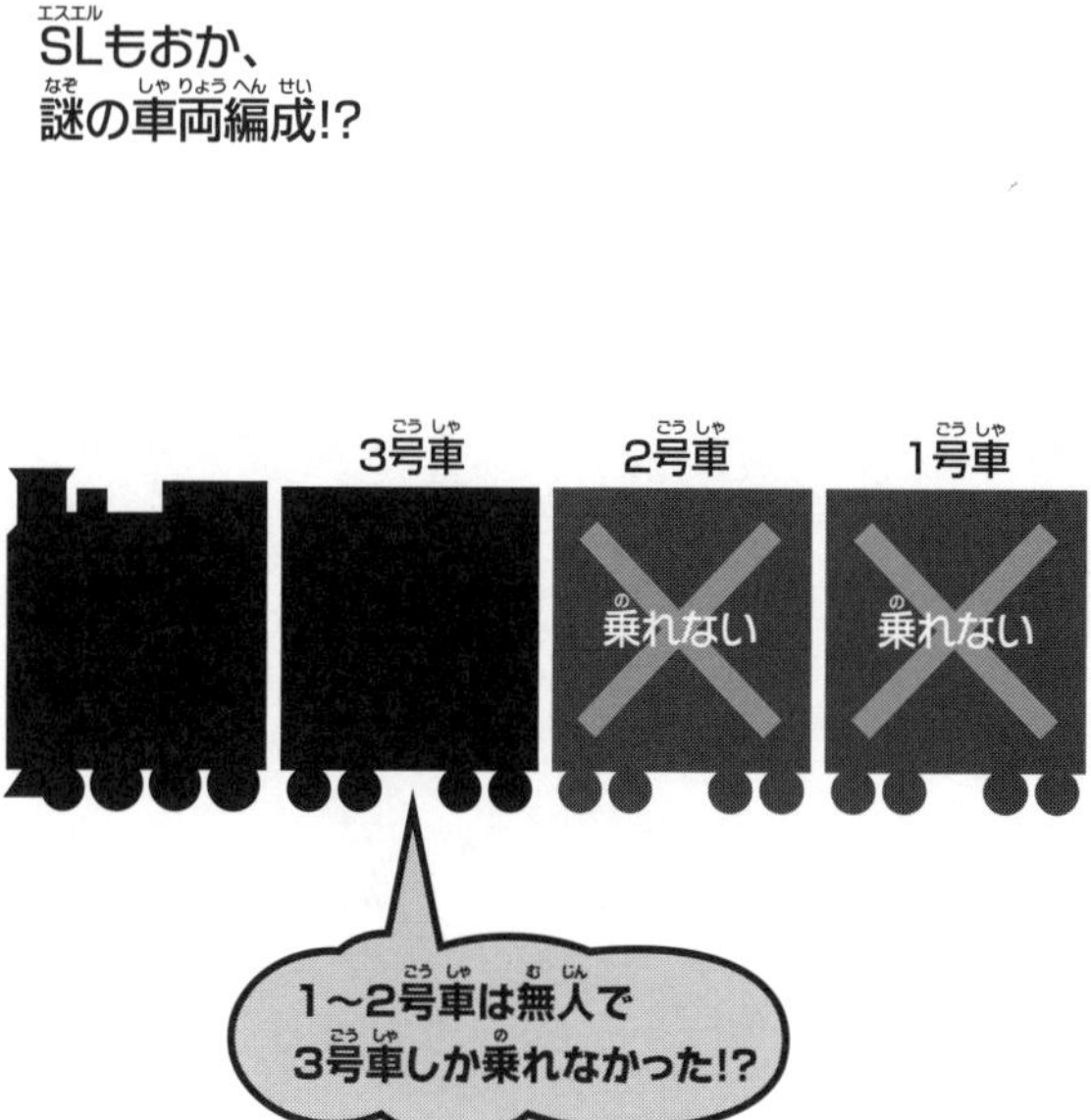

SLもおか、謎の車両編成!?

3号車　2号車　1号車

乗れない　乗れない

1～2号車は無人で
3号車しか乗れなかった!?

でも……いったい、どういうことだろう？

僕にもそういうことがなかったかな？　って、今まで乗った電車を思い出してみるけど、せっかく客車を連結しているのに、お客さんを乗せないなんてことに出会ったことがない。

それだったら、最初から一両編成で走らせればいいはずだ。

「これも記憶違いなのかな～？」

少し自信をなくしたのか、未来はしょんぼりした声を出す。

「でも、今回のは記憶違いにしても変だね」

元気を出してほしくて、僕は未来の肩をポンとたたく。

「……私だってそんなこと、おかしいってわかってるんだ。でも、やっぱりそんな気がしてならないんだ……」

「ふみお君に会ったらわかるよ、きっと。ふみお君が覚えていることと未来の記憶を合わせれば、その時の状況はもっとハッキリわかるはずだからさ」

「それもそうねっ！　よしっ、気を取り直してふみお君を探そう！」

未来はまた両手で頬をパシンとたたいて、２号車へ入っていく。

別にサッカーの試合じゃないんだからさぁ。

気合いを入れすぎた未来の頬は少し赤くなっていた。

右に左に首を振りながら、未来は真ん中の通路を奥へ奥へとゆっくり歩いていく。

その後ろを七海ちゃんが同じようにチェックしながら歩いた。

女子二人のあとに僕らも一列で続く。

ふみお君を探しながら、僕は気がついたことがあった。

「小学校五年生くらいの男子ってそんなに乗っていないもんだな」

「基本的には大人の人が多いみたいだ。それにお母さんと一緒に来ている、もっと小さい子供たちも多いみたいだし……」

だから、ふみお君を探すのはそれほど難しくないはずなんだけど。

列車は最初の停車駅、市塙に到着。

この駅で降りる人はいないし、乗ってくる人も誰もいなかった。

すぐに列車は走りだす。

「途中下車する人も、乗る人もいないんだな」

僕は動きだした車窓のホームを見ながらつぶやいた。

「SLもおかは観光列車だから、観光客が多いんだよ。普通列車と違って、これに乗るには大人ならSL整理券一回五〇〇円も必要になるし」

大樹はSL整理券を見ながら言う。

SLもおかに乗車するには、通常運賃のほかにお金がかかるから、地元の人は、この時間をさけて前か後ろの普通列車に乗るんだろう。

「ってことは……ふみお君が途中で降りることや、途中から乗ってくる可能性はあまりないってことだよな」

「ああ。普通なら、始発から終点まで乗ると思う」

向かいあった僕と大樹はうなずきあった。

ふみお君が鉄道ファンかどうかはわからないけど、僕らだったら列車にはなるべく長く、始発駅から終点まで乗っていたい。

こういった短い区間を走る観光列車ならなおさらだ。

2号車もあっさりチェックが終わってしまい、残すところは1号車のみとなった。

前を歩く未来の緊張はマックスだ。

「最後の1号車には絶対に乗っているよ、未来ちゃん！」

「そうね、ここにいるってことね！」

目が血走ってる!? ますます気合いが入った二人は、右手と右足を同時に出しながら通路を行進していく。

だが、そうやって入った1号車にもそれらしい男の子はいなかった。

だけど、一番後ろのシートまでやってきた時だった。

「あ――っ!!」

未来が大きな声をあげながら、

最後のボックスシートを指差す。

　未来の指差す先には短い髪の小学生くらいの男の子が驚いたように目を見開いている。

「みっ、未来ちゃん！　いたの!?」

「きっ、きっとそうだと思うのっ！」

　未来は、グイッと体を伸ばしてその男の子の前に立つ。

「……さっ、三年ぶりね」

　未来は頬を赤くしながら、男の子に声をかける。

「さっ、三年ぶり？」

　うん？　この男の子の反応は……。

　運命の再会を喜んでいるとは思えない。

「あっ、あの〜!?　僕がなにかしましたか〜？」

　どう見てもおびえている顔だ。

　すかさず七海ちゃんも、未来と並ぶように体を伸ばして男の子に迫る。

「君が田口ふみお君だね！」

七海ちゃんは刑事ドラマで犯人に事情聴取する刑事のようにたずねた。

おいおい。ここでそれかよ……。

ドラマを見るのが大好きな二人は、たまにこういったモードに入りこむ。

「ひ、人違いです……」

男の子は逃げるように後ろに体を引いた。

「どうしてウソをつくんだ!?」

雰囲気にのって、未来もバンと窓に手を付けて事情聴取ごっこへ加わる。

おぉ～これがテレビでよく聞く、壁ドン!?

二人の女刑事に問いつめられた男の子は、額からタラリと汗をたらした。

だけど、こんなことをいつまでも続けちゃ迷惑というもの。

「もう、なにやってんだよ～？」

僕は三人の間に割って入り、男の子にペコリと頭を下げた。

「ちょっと、人を探しているんだけど間違えちゃって……ゴメンねぇ～」

それから急いで未来の手をにぎり、ボックスシートから引っ張り出し、もう一方の手で七海ちゃんの腕をとり、二人を引っ張って目の前にある最後尾のデッキへ入った。

「もう少しで落ちたのにぃ～」

まだ刑事ドラマが少し残っている七海ちゃんは、口をとがらせた。

「もう！　あれが田口ふみお君なわけないだろ!?　どう見てもいやがってたじゃないかっ！」

「あの子が一番ふみお君に似ていたのよっ！」

頭に手を当てた僕は、はぁと小さなため息をついた。

「一番似ていたとかじゃなくってさ……」

僕が言うと、わかってる、という顔をしながら未来は、肩をガックリ落とした。

「つまり、この列車に『ふみお君は乗っていなかった……』ということでしょうか？」

大樹がポツリと言った。

「そういうことになっちゃうよなぁ……」

ふみお君は列車に乗っていなかった。

壁にもたれ、うなだれて、未来は深いため息をついている。

こうなると、僕は少し未来がかわいそうになってきた。

「未来ちゃん、きっとふみお君は――」

七海ちゃんがなぐさめようとすると、未来は顔を上げた。

一つ大きく息を吐き、ニコッと笑顔を作った。

「心配しないで！　こういうこともあるかもしれないって思っていたから。ほら、『ふみお君も忘れているかもしれない』って、私、言ってたでしょ」

未来は一つ大きく息を吐き、ニコッと笑顔を作った。

「ふみお君はどこかへ引っ越ししていて手紙は届かなかったかもしれないし、タイムカプセルの手紙を見ても、あの日のことは思い出さなかったのかもしれない……」

「……そうかもしれませんね」

大樹はメガネのサイドに手を当てた。

「もしかすると、ふみお君も三年前のことをハッキリ覚えていなくて、未来さんと会おうとしたのですが、日にちや、乗るべき列車を間違えたのかもしれませんよ」

「ありがとう、大樹君」

僕も未来をなぐさめたくて、ことさら明るい声で言う。

「きっとそうだよ。ふみお君はあの時乗った列車がわからなくなっちゃったんじゃないかな。そんな気がするよっ」

うるんだ目で僕らを見つめた未来は、パッと両手を広げた。


「ありがと――――!!　みんな――――!!」

未来は僕ら三人をまとめて抱きしめる。

「未来ちゃん、ドンマイ！　ドンマイ！」

七海ちゃんは未来の頭をやさしくなでた。大樹もなだめるように続ける。

「未来さんのおかげでこうしてSLもおかに乗れたんですから、僕たちは未来さんに感謝していますよ」

「元気出していこうぜ！」

僕は、未来の肩をポンポンとやさしくたたいた。

未来は目に浮かんだ涙を指でぬぐって、また微笑んでみせた。

そんな僕らを乗せたSLもおかは、少し西へと傾いた太陽の日を浴びながら、青々とした稲がたなびく田んぼの中を走っていく。

フォォォォォォォォォォォォォォォォォォォッ～!!

C11の警笛は、未来に「元気を出しなよ」って言っているように聞こえた。

8 時刻表に載らない蒸気機関車

僕らは上りのSLもおかをひたすら楽しんだ。

午前中にモオカ14形に乗って同じ場所を通ったし、SLもおかを沿線からも眺めたけど、蒸気機関車の客車の中から見る光景は、それらとはまったく違うものだった。

沿線では多くの人が手を振ってくれるので、僕らも手を振り返した。

レールとレールの間にできたすき間を通るたびに鳴る、ガタンゴトンという響きが50系客車の中に大きく反響して、その音も楽しい。

エアコンのある車両だったら絶対やっちゃいけない「窓を開ける」ってことも、SLもおかならOK！

SLやまぐち号の走る山口線では、トンネルが多い区間は窓を開けていると車内に煙が入ってきて大変なことになっちゃうけど、真岡線にはトンネルはなく、その心配はなかった。

窓を開けると、気持ちよく涼しい風と一緒に、ちょっとススの匂いがする空気が入ってくる。

蒸気機関車には、速い電車にはない楽しみがいろいろとある。

そしてSLもおかは終点の下館に、15時56分に着いた。

僕らが朝にモオカ14形に乗りこんだ、下館の1番線へとC11は頭から突っこむ形で停車する。

僕らは2号車からホームへと降りた。

1番線は行き止まりの切り欠きホーム。そこにSLもおかは、蒸気機関車に続いて、3号車、2号車、1号車の順に並んで停まっている。

さっきまで少し落ちこんでいたけど、元気を取り戻した未来は、停車しているSLもおかをホームからまたバシバシ撮っている。

「蒸気機関車は楽しいねぇ～。今度はスチーム暖房の効いている冬に来たいなぁ」

七海ちゃんが笑う。

「こんなに東京駅から近い場所なのに、本格的なＳＬに乗れるなんてすごいな」

大樹も満足そうだ。

「……うん。そうだね」

僕もとっても楽しかったんだけど、時々ちょっとさびしそうな表情になる未来のことがやっぱり少し気になっていた。

ふみお君は、どうしたんだろう。

単に約束を忘れたのかもしれないし、時間と列車を間違ったのかもしれない。

本当に、そうだったらいいんだけど……。

もしも、間違っているのが僕らのほうだったとしたら……。

そして、笑ってしまったけど、未来の覚えていた記憶が、本当は正しかったら……。

ピィイイイイイ！

その時、１番線の一つ向こう側の線路に停車していたＤＥ１０が、警笛を鳴らしてから茂木方面へ向かって走りだした。

ＤＥ１０は凸形をしたオレンジ色のディーゼル機関車だ。

「あっ！　ＤＥ１０だっ！」

もちろん、未来がそれを見逃すはずもなく、素早くレンズを向けて撮りはじめた。

スルスルと離れていったＤＥ１０は、そのまま茂木方面へ走っていくのかと思ったら、ポイントの先の、１番線の線路と合流したところで停車した。

ポイントの向こうで再びピィと警笛を鳴らし、ＤＥ１０はＳＬもおかの最後尾の１号車を目指して移動してくる。

「ん？　どうしてこっちへ来るんだ？」

僕には、ＤＥ１０がなんでそんな動きをするのか理解できなかった。

「未来ちゃん、チャンス！　こっちへ来るよ！」

「まかせておいてよっ！」

未来はいいアングルを探して素早く移動してから、レンズをグルッと回してズームすると、カシャカシャとシャッターを切る。

ホームでは駅員さんが緑の旗を振って、ＤＥ１０に「オーライ」と告げる。

DE 10 1535

「これは連結が見られるんじゃないか!?」

大樹が1号車の最後尾へ向かって走りだしたので、七海ちゃんと未来と僕もついていく。

ガラガラガラガラガラガラ……。

ゆっくりと最後尾へ迫ってきたDE10は、直前で一旦停車する。

キリン……カチャン。

DE10と1号車は、指ずもうみたいな連結器で連結された。

『おぉ～』

僕らは思わず声をあげた。

「そうかー。これで車両基地まで回送になるんだね」

そう言った七海ちゃんの言葉に、僕ははっとした。

もしかして！　そうなのか!?

今までつながらなかったことが、パズルのピースのように一気にピタリピタリとはまっていく。

「じゃあ、帰ろっか」

「そうですね。今なら明るいうちに、みらい平まで行けますよ」

未来と大樹が並んで、改札口を目指してさっさとホームを歩きだす。

僕は確認せずにいられなかった。

DE10に続く1号車と2号車の中を注意深く見る。

そして、3号車の中を見た時――


「あ――っ!!」


僕の叫び声を聞いて、もう改札の目の前まで行っていた三人が振り返った。

「どうしたの？　雄太君」

七海ちゃんが「？」って顔で僕を見つめる。

「わかったんだ！」

僕は駆け足でみんなのところへ向かう。

「なにがわかったのよ？」

未来も首をかしげて聞く。

「未来の三年前のことがっ！」

「えっ、私の三年前のこと？」

「それはね――」

僕が大樹たちに説明しようとした瞬間、ホームには発車をしらせる駅員さんの声が響いた。

「列車発車いたしまーす。黄色い線の内側へお下がりくださーい」

もうみんなに説明している時間はない。でも、たぶんこれが正解に決まっている！

「みんなっ！　僕を信じてついてきて！」

「ゆっ、雄太！」

SLもおかに向かって引き返していく僕を未来が先頭を切って追いかけ、それに七海ちゃん、大樹と続く。

そして僕は、さっきまで乗っていたSLもおかの3号車へ再び飛びこんだ。

『え――っ!?　どーしたの。雄太！』

「これって、回送列車になるんじゃないの!?」

戸惑う未来に向かって僕は腕をグルグル回して声をあげた。

「早く乗って！　いいから、早く！」

「わかった！」

未来、七海ちゃん、大樹と乗りこんだ瞬間、ドアがすっと閉まった。

ピィイイイイイイ！

茂木方向からDE10の警笛が鳴り、

フォオオオオ～!!　ウオォオオオオオオオオオオオオオオオオオオオオッ～!!

と、反対側からは蒸気機関車

の警笛が応えるように聞こえた。

僕は、ふぅと息を吐いてデッキの壁に背をあずけた。

「思わず飛び乗っちゃったけど〜、これに乗って大丈夫なの？」

そう言った七海ちゃんに、大樹がデッキの窓から3号車の車内をのぞいて答える。

「他にもお客さんは乗っているようですから、大丈夫みたいですね」

大樹はケータイを出し、なにかを調べはじめた。

お客さんの数は多くないけれど、黒いメガネにポロシャツの太ったおじさんや、小学生くらいで長い黒髪の女の子の姿が見えた。

「じゃあ、とりあえず安心ね。でも、雄太君」

「なに？　七海ちゃん」

「電車に乗るのが好きなのはわかるけど、もう夕方なんだから帰らなくちゃいけないでしょ？」

えっ？　もしかして、僕がまだ電車に乗りたかったから、みんなを引きとめたって思われている!?

「そうそう、また冬に来ればいいのに……まったく、しょうがないな雄太は」

未来もデジカメをバッグにしまいながら、ふぅとため息をついた。

いやいやいやいやいやいや！

そ――じゃないよっ!!

「みんな、勘違いしてるよ～」

『勘違い？』

未来と七海ちゃんに、僕はコクリとうなずいた。

「わかったんだ。未来が三年前に乗った列車がねっ！」

なにを言ってるの？　という表情で未来は僕を見る。

「僕らが間違っていたんだ」

「だって、真岡鐵道でSLが走るのは一往復。私が乗ったのは午後だったんだから、茂木から出発する上りのSLもおかしかありえない、って……」

そこで、大樹ははっと声をもらし、「そういうことだったのか……」とつぶやくと、ケータイから目を離した。

「どうしたの、大樹君？」

七海ちゃんが聞いた。

「実は真岡鐵道では、ＳＬもおかは二往復していたんです」

「二往復!?」

「Ｃ１１と客車三両の車庫は、路線の中間にある『真岡』にあります。真岡を出発して下館に向かう時には回送列車なのでお客さんは乗れません。これは僕らが『折本』ですれ違った列車です」

「下館には進行方向を転換する転車台がないから、真岡からＤＥ１０に牽かれてここへやってくるんだもんね」

そこまで言って七海ちゃんも気づいたみたい。「あっ」って小さな口を開く。

「そういうことです。そして、午前中に下館からお客さんを乗せて茂木までを下りのＳＬもおかが走り、茂木では転車台で方向転換をされてＣ１１が下館側に付け換えられます」

未来はすっとあごに手を当てた。

「その茂木発の上りＳＬもおかに私たちは乗ってきたのよね」

「そうです。下館に到着したSLもおかは、車庫のある真岡へ帰らなくてはいけないわけですが、それがこの列車なんです。しかも、乗客をその間だけ乗せられるようになっていたんです」

「でも、どうしてそれがわからなかったの？」

大樹は真岡鉄道の下り時刻表をケータイに表示して見せた。

「蒸気機関車によって走る列車は、このように時刻表には赤字で表記されているんですが、この下館から真岡へ走る列車については、普通の列車と変わらない黒字なんです。つまり、この列車は『時刻表に載らない蒸気機関車の列車』だったんです」

　未来もケータイをのぞきこむ。

「ほんとだ、黒字になってる。……これじゃあ、これがＳＬだなんてわからないね」

「実際にこれはＳＬではなく、ＤＥ１０ってディーゼル機関車が牽いてますからね」

　七海ちゃんは、はっとした顔をする。

「じゃあ、同じＳＬもおかの客車なのに、今はＳＬ整理券もいらないってこと？」

「そのぶん、３号車しか乗れないようですが」

　大樹は扉の向こうの３号車のフロアを見た。

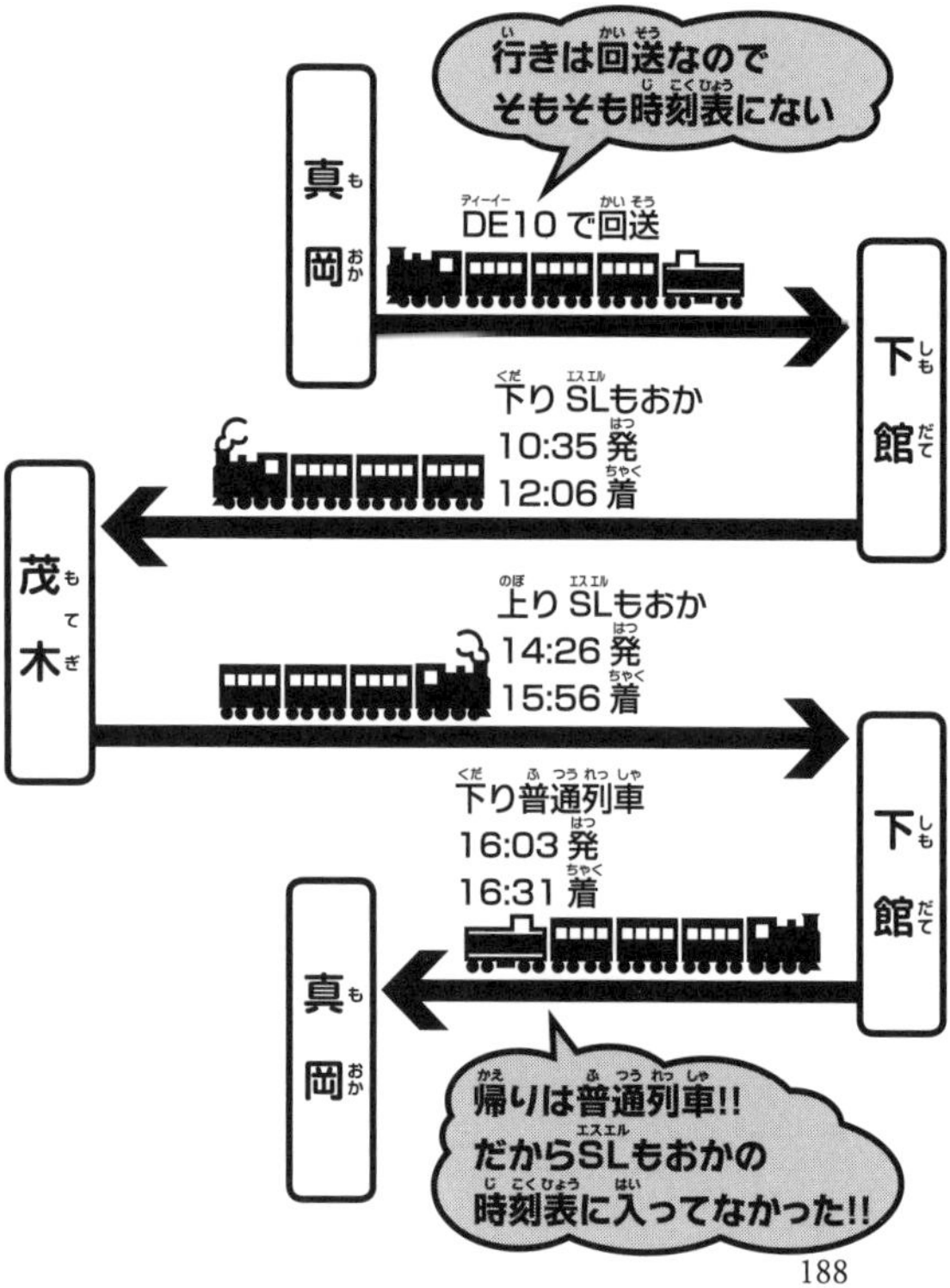

行きは回送なので
そもそも時刻表にない
真岡
DE10で回送
下館
下り SLもおか
10:35 発
12:06 着
茂木
上り SLもおか
14:26 発
15:56 着
下館
下り普通列車
16:03 発
16:31 着
真岡
帰りは普通列車!!
だからSLもおかの
時刻表に入ってなかった!!

「うわぁ～これは真岡鉄道へ実際に来てみないと、時刻表じゃわからないことよね」

大樹はしっかりとうなずいた。

「僕も改めて、鉄道は時刻表や雑誌の知識だけではなく、実際に乗りにきてみないと、わからないことがあるんだなと思いました」

「そして三年前の未来は、この『時刻表に載らない蒸気機関車の列車』に、ふみお君と一緒に乗ったのさ」

「ほんとに!? ふっ、ふみお君と乗ったのが、こっ、この列車――!?」

未来は手のひらを胸に当てた。

「そう考えると、未来の思い出も、すべてのつじつまが合う。午後から走り、後ろから押していた蒸気機関車。三両連結していたのに一両しか乗れなかった客車。……小学二年生だったから、未来には蒸気機関車が後ろから押しているように見えたけど、本当はDE10が引っ張っていたんだね」

「やっと、ミステリーが解けたのね」

腕を組みフンフンと七海ちゃんが探偵のようにうなずいた。

「私の記憶は正しかったんだ……」

呆然と、未来がつぶやく。

「未来、なにしてんだよ？」

「えっ？　なにが？」

「だから……。三年前に未来が乗った列車がこれってことは、三年後の夏休み最初の日曜日の今日、ふみお君はこの列車に乗っているってことだろ？」

未来の目が、すぅと点になる。


「きゃ――――!!」


未来は胸に手を当てたまま、何度も深呼吸。

それから服と髪を素早く整え、「よしっ！」と両手に力をこめて扉に向かった。

「未来ちゃん、がんばって！」

七海ちゃんが両手をぎゅっと握る。

すうと息を吸いこんだ未来は、そこで勇気を振りしぼり、扉を開けた。それから大きな声で名前を呼んだ。

「**ふみお君――――!!**」

3号車に座っていたすべてのお客さんが、くっと背を伸ばして顔をこちらへ向ける。
僕らも未来の脇からいっせいに車内をのぞきこんだ。
一人一人の顔を素早くチェックする。
えっ!?
そんなバカな……。
体から力が抜けて、僕はひざをつきそうになった。
お客さんは十人くらいなんだけど、小学五年生くらいの男子は一人もいなかった。
ほとんどは大人で、小学生くらいの子はさっきも見えた黒髪の女の子だけ。
未来の大きな声に驚いて振り返った女の子は、色白のとってもきれいな子だった。

この列車にも、ふみお君は乗っていなかったんだ。

それはすぐに未来にもわかったみたい。

「お騒がせしてすみませんでした……」

ガックリと肩を落とした未来は、再びクルンと回れ右をして僕らのほうを向く。

「……いなかった……」

その目にはジワリと涙が浮かんできた。

「みっ、未来ちゃん!!」

フラフラしている未来を抱きとめようとする七海ちゃんの目にも涙が光る。

どっ、どうしよう〜。

未来を一日に二度も悲しませたことになっちゃったよぉ〜。

この列車に飛び乗った時には、こんなことになると思ってなかった。

三年前のミステリーは解けたけど、ふみお君は来てくれなかったなんて……。

僕は、未来の前に立った。

「未来、本当にゴメン――」

そのとき未来の後ろから声が聞こえた。

「小笠原未来ちゃんでしょ？」

『えっ？』

シートに座っていたきれいな黒髪の女の子が立っていた。

ノースリーブの真っ白なワンピースから、華奢な手足が伸びている。

「あの……なんで私の名前を……？」

きょとんとした顔で未来が女の子に聞く。

「あれ、忘れちゃったの？　三年前は『結婚しようね』って言ってくれたのに」

ニコリと笑うと、前髪が落ちて右目にかかった。

その顔は僕も見覚えがある！

未来が目を見開く。

「もっ、もしかして！　田口ふみお君!?」

「ピンポン！　せいか〜い」

手を後ろに組んだ女の子が、かわいくちょんとはねた。


『え――――――――――っ!!』


心底驚いた僕らは周りの迷惑も気にせずに、思いきり声をあげた。

なんと！　イケメンと思っていたふみお君は、女の子!?

それも、めっちゃ美人の女の子だったなんて！

もちろん、一番動揺しているのは未来。

「えっ、えっ、えっ、ふみおって女の子だったの!?」

「そうよ。三年前もそう言わなかった？」

未来は高速で首を左右にブルブル振りまくり。

「だって、ふみおっていうから、てっきり男の子かって……」

「私の名前は、文章の『文』に、はな緒の『緒』で文緒なの」

「え〜〜っ、え〜〜〜っ。そんな……」

未来は口をあわてて手でふさいだ。


「そうだったんだぁ」

僕はあ然としながらつぶやいた。

突然、ぽかんと、未来が自分で自分の頭をたたいた。

「もう、私ったら、本当にそそっかしいんだから」

ぽかん、ぽかん。未来はもう二度頭をたたいた。

その様子を見て、ぷっと、七海ちゃんが噴き出した。

「未来ちゃんたら……てっきりフィアンセかと思って期待したのに」

「えっ!?」

文緒ちゃんが目をしばしばさせながらたずねる。

未来はこれまでにないくらいあせって、顔を赤くして、両手をぶんぶん横に振った。

「な、なんでもない。なんでもないから……。もう自分が信じられない。う〜〜〜」

ぶつぶつ口の中でつぶやいている。

文緒ちゃんはそんな未来を懐かしそうに見つめ、それから僕らに目をうつした。

「この三人は、未来ちゃんのお友だちなの?」

「そ、そう。鉄道が好きなお友だち」

心臓の上に手をやりながら未来がうなずく。

「実は私も鉄道が大好きなんだ。私、田口文緒です。どうぞよろしく」

文緒ちゃんは、僕に向かってすっと真っ白な細い右手を差し出した。

もうなにがなんだかっ!

首をブルブルと横に振ってなんとか心を立て直しながら、僕はその手を握った。

「よっ、よろしく、文緒ちゃん」

文緒ちゃんは七海ちゃん、そして大樹とも握手をした。

未来はあわててカバンを開けると、三年前の写真を取り出して、文緒ちゃんに渡した。

「これ、約束の写真だよ！」

文緒ちゃんは写真を受け取ると、未来に向き直り、あらたまって言う。

「ありがとう、未来ちゃん、また会えてうれしい。未来ちゃんが三年前の約束を果たしてくれて、とってもうれしい」

「私も！」

未来がこっくりうなずく。

よかった。

未来の約束がかなって。

未来は、くるりと振り返って、僕らの顔を見まわした。

「ありがとう。雄太！　大樹君！　七海ちゃん！　T3のみんなのおかげで、ふみお君、ううん、文緒ちゃんに会えたよ」

未来のぴかぴかの笑顔がこぼれている。

僕はすっと手を前に出した。

大樹、七海ちゃん、そして未来の手が上に重なる。

『ミッション、完了！』

僕らはみんなで声をそろえて、手を空に突き出した。

ピイイイイイイ！

夕暮れが迫る真岡鐵道にディーゼル機関車の警笛が響いたのはその時だった。

ディーゼル機関車が、「フフッ、よかったね」って微笑んでくれているような気がした。

（おしまい）

約束の列車を探せ！
真岡鐵道とひみつのSL

❶ 山手線
東京【7:25発】
↓
秋葉原【7:29着】

❷ つくばエクスプレス
秋葉原【7:45発】
↓
守谷【8:21着】

❸ 関東鉄道常総線
守谷【8:25発】
↓
下館【9:12着】

❹ 真岡鐵道
下館【9:42発】
↓
寺内【10:01着】

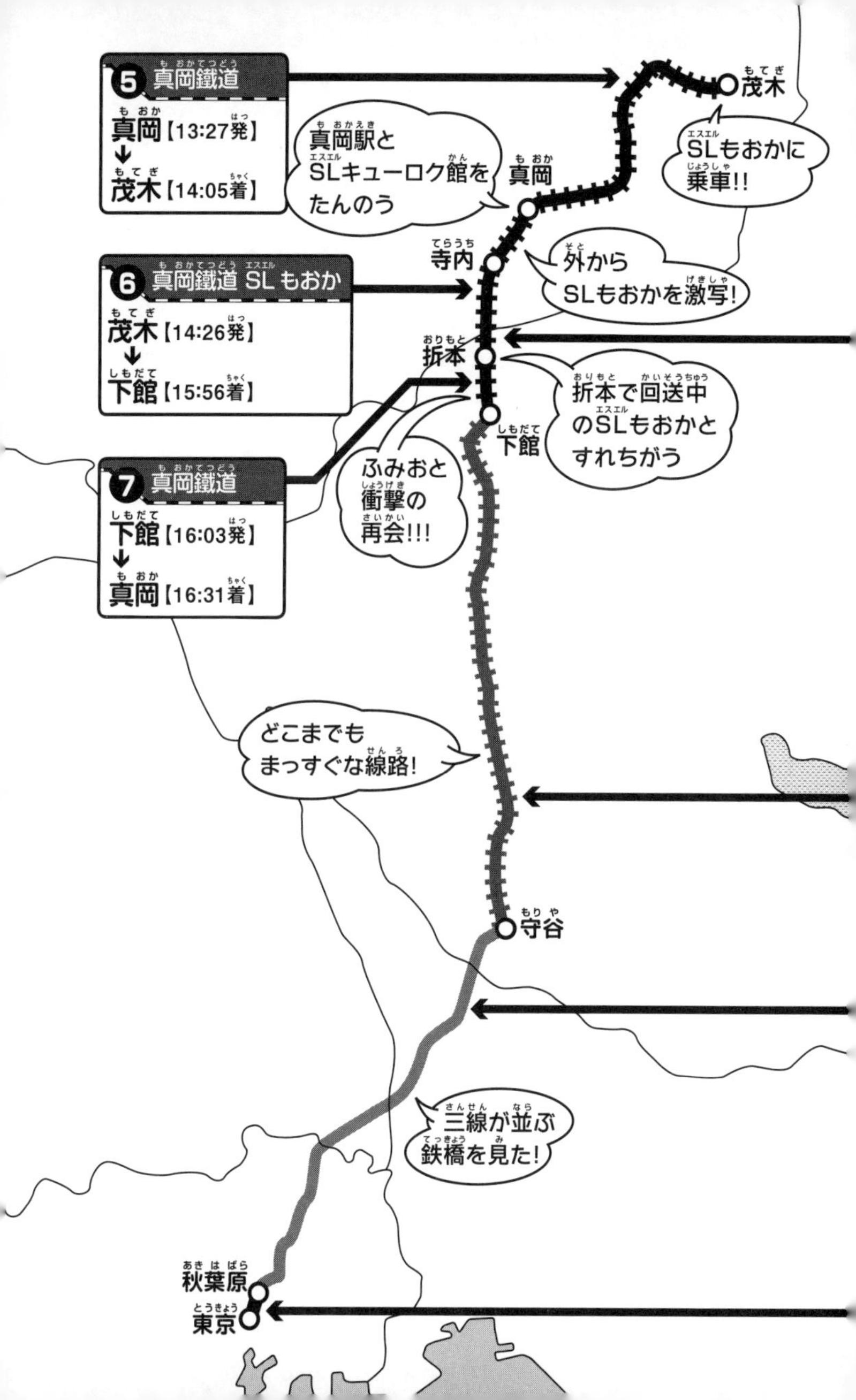

5 真岡鐵道
真岡【13:27発】
茂木【14:05着】
真岡駅とSLキューロク館をたんのう
茂木
SLもおかに乗車!!
真岡
寺内
6 真岡鐵道 SLもおか
茂木【14:26発】
下館【15:56着】
外からSLもおかを激写!
折本
折本で回送中のSLもおかとすれちがう
下館
7 真岡鐵道
下館【16:03発】
真岡【16:31着】
ふみおと衝撃の再会!!!
どこまでもまっすぐな線路!
守谷
三線が並ぶ鉄橋を見た!
秋葉原
東京

あとがき

作者の豊田巧です。「ふみお君」の正体には驚いてくれたかな？

今年の夏、雄太たちは北海道新幹線、真岡鐵道、四国へと、楽しそうな夏休みを過ごしましたが、みんなの夏休みはどうだったかな？

夏休みの自由研究のテーマを「『関東を七十円で一周する』にしました」なんてファンレターをくれたお友だちもいましたよ。小学校に通っている間に、夏休みは六回もありますからね。みんなも一度は「鉄道」をテーマにした自由研究をしてはどうかな？

そして、朝日小学生新聞では『電車で行こう！』が九月末まで毎日連載中です。今は真岡鐵道編から四国編に入っていますから、新聞のある図書館なんかで読んでみてね。

ちなみに、この四国編も単行本になって、十月末に発売する予定だよ。

ということで、今年は秋にも『電車で行こう！』が読めるんです！

それでは、次回の『電車で行こう！』をお楽しみに！

電車で行こう！

約束の列車を探せ！ 真岡鐵道とひみつのSL

豊田 巧　作
裕龍ながれ　絵

ファンレターのあて先
〒101-8050　東京都千代田区一ツ橋 2-5-10　集英社みらい文庫編集部
いただいたお便りは編集部から先生におわたしいたします。

2016 年 8 月 31 日　第 1 刷発行
2022 年 6 月 15 日　第 2 刷発行

発 行 者　北畠輝幸
発 行 所　株式会社 集英社
〒101-8050　東京都千代田区一ツ橋 2-5-10
電話　編集部 03-3230-6246
読者係 03-3230-6080
販売部 03-3230-6393（書店専用）
http://miraibunko.jp
装　　丁　高橋俊之（ragtime）　中島由佳理
編集協力　五十嵐佳子
印　　刷　凸版印刷株式会社
製　　本　凸版印刷株式会社

ISBN978-4-08-321334-2　C8293　N.D.C.913　202P　18cm

※作品中の鉄道および電車の情報は2016年7月のものを参考にしています。
電車で行こう！ 公式サイトオープン!!　http://www.denshadeiko.com

人気テレビ企画がついにノベライズ！

3人1組になった知神チーム、武神チーム、技神チームが最初に島から脱出するチームを競う無人島サバイバル!!
世界一キケンなレース「脱出島」で９人の小学生のサバイバルが開幕！

あいはらしゅう・作
肘原えるぼ・絵

読むプニー！

迷宮教室に連れさられた
8人の生徒たち。
協力して脱出をめざすが、
恐ろしい授業が待っていた!!!

出口のない悪魔小学校　最悪な先生と最高の友達　終わらない呪いと止まらない想い

ウソつきはだれだ!? だまされた教室と明かされたその理由　禁断のともだちランキング　ヒカルの好きな人

最新刊

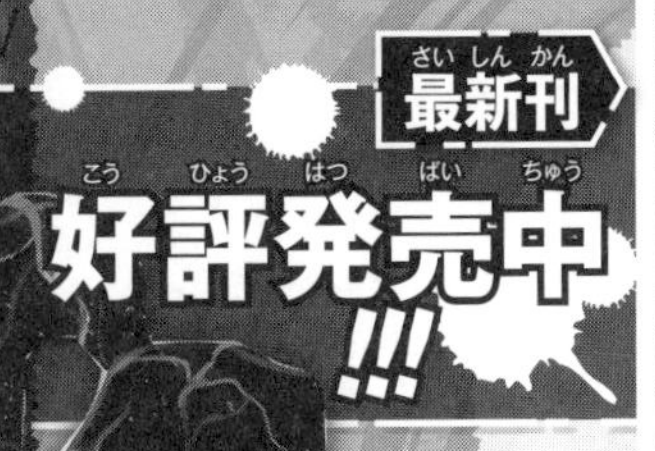

第7弾

史上最悪の授業！「悪口100回いえるかな？」

「みらい文庫」読者のみなさんへ

言葉を学ぶ、感性を磨く、創造力を育む……、読書は「人間力」を高めるために欠かせません。
たった一枚のページをめくる向こう側に、未知の世界、ドキドキのみらいが無限に広がっている。
これこそが「本」だけが持っているパワーです。

学校の朝の読書に、休み時間に、放課後に……。いつでも、どこでも、すぐに続きを読みたくなるような、魅力に溢れる本をたくさん揃えていきたい。読書がくれる、心がきらきらしたり胸がきゅんとする瞬間を体験してほしい、楽しんでほしい。みらいの日本、そして世界を担うみなさんが、やがて大人になった時、「読書の魅力を初めて知った本」「自分のおこづかいで初めて買った一冊」と思い出してくれるような作品を一所懸命、大切に創っていきたい。

そんないっぱいの想いを込めながら、作家の先生方と一緒に、私たちは素敵な本作りを続けていきます。「みらい文庫」は、無限の宇宙に浮かぶ星のように、夢をたたえ輝きながら、次々と新しく生まれ続けます。

本を持つ、その手の中に、ドキドキするみらい――。
本の宇宙から、自分だけの健やかな空想力を育て、〝みらいの星〟をたくさん見つけてください。
そして、大切なこと、大切な人をきちんと守る、強くて、やさしい大人になってくれることを心から願っています。

2011年　春

集英社みらい文庫編集部